La próxima
vez que te vea,
te mato

Paulina Flores

# La próxima
# vez que te vea,
# te mato

EDITORIAL ANAGRAMA
BARCELONA

*Ilustración*: «Leda», © Mark Burckhardt

*Primera edición*: *febrero 2025*

Diseño de la colección: Julio Vivas y Estudio A
© Paulina Flores, 2025
    CASANOVAS & LYNCH AGENCIA LITERARIA, S. L.
    info@casanovaslynch.com
© EDITORIAL ANAGRAMA, S. A. U., 2025
    Pau Claris, 172
    08037 Barcelona

ISBN: 978-84-339-2967-9
Depósito legal: B. 177-2025

Printed in Spain

Liberdúplex, S. L. U., ctra. BV 2249, km 7,4 - Polígono Torrentfondo
08791 Sant Llorenç d'Hortons

*A mi hermana*

Me convertí en una criminal al enamorarme.
Antes de eso era camarera.

LOUISE GLÜCK

# ES TRISTE ESTAR SOLO

Laura se suicida en unas horas y voy atrasada a nuestra última cita. Soy lo peor. Pésima de verdad. ¿Tendría que enviarle un mensaje? No, eso sonaría demasiado grosero. Banal, considerando lo harta que está como para matarse. ¿Quizás es mi inconsciente el que busca una excusa tonta para que lo retrase? La pantalla anuncia un minuto para el siguiente metro. Niego con la cabeza. Soy malvada, me digo. Soy perversa. No tengo vergüenza por nada: voy a llegar tarde al suicidio de Laura y eso añadirá catorce minutos de dolor a su dolor. Lo hago a propósito. Quiero que sienta que no le importa a nadie, ni siquiera en el día de su muerte. Se lo voy a restregar en la cara para que no dude. Para terminar de convencerla de que acabe con su vida: el mundo no se detiene por ti.

El vagón está lleno, pero milagrosamente hay un asiento libre. Corro hacia él como una señora con bolsas. Reviso la ruta con la respiración contenida. En plaça Catalunya tomo la R1, dirección Maçanet-Massanes y luego el bus L6. «Cataluña está poco concurrida», afirma Google Maps. Me aferro a su información con fe. Aún no entiendo si internet me ha ayudado a ganar minutos de vida, o a perderlos. Hoy lo descubriré, hoy será revelador.

Laura dice que las personas llegan tarde porque son optimistas y siempre creen que gastarán menos tiempo en hacer las cosas. Otra forma de verlo es que nunca recuerdan lo lentas o torpes que fueron en el pasado. No pertenezco a ninguno de esos dos grupos. Si algo aprendí en el último año, es que lo mejor que puedo hacer es desconfiar de mí misma. Incertidumbre que, paradójicamente, me hace poseedora de una previsión infalible: va a ir mal. Lo cierto es que empecé a prepararme con bastante anticipación. En la ducha, me di cuenta de que el pelo de mi cabeza rogaba por un lavado y el de mis piernas por una rasurada. Ya tenía una cicatriz horrorosa en la cara, pero ¿cómo iba a presentarme por última vez frente a Laura toda peluda y mugrienta? Eso me quitó mínimo una hora, porque mi pelo es imposible. Luego, caí en que el traje verde enebro de dos piezas que había elegido era muy aparatoso para la playa. Así que tuve que improvisar con la mente bloqueada, algo en lo que, por suerte, ya soy bastante diestra. Quería un *outfit* verde porque era el color favorito de Armonía. Y también para evitar el negro, la idea de luto. Ese tipo de dilemas puede parecer frívolo para un suicidio, pero son fundamentales. Ayudan a darle realidad al proyecto. En fin, probé combinaciones nuevas y, un momento después, perdí la noción del tiempo por mirarme al espejo. Tras elegir el vestido rojo que Laura siempre me piropea, se me ocurrió consolar a Jaime, su conejo. Por sus patadas ansiosas, seguro que algo intuía. «Vas a tener que ser fuerte, Jaimito —planeaba decir con tono solemne mientras me maquillaba con él sobre mis piernas—. Tu madre tomó su decisión y ahora serás huérfano. El cabeza de esta familia. Bueno, lo que queda de ella...» Pero el conejo no se dejó tomar y perdí más de media hora correteando tras él. ¡Qué xuxa!, me maquillo en el metro, lo usual.

Merecido me tenía el asiento libre después de tanta faena. No daba para predestinación, pero el Azar al menos le dio un *like* a mi historia. Angustiada iba a seguir hasta transportándome en Uber Helicóptero, era el delineador de ojos quien agradecía una mayor estabilidad. Estaba por aplicarlo en el párpado móvil cuando noté miradas incómodas de los pasajeros en mi dirección. Algunos incluso con rechazo, otros lanzando ojeadas rápidas antes de zambullirse en sus pantallas. No sentí escalofríos, porque tenía la piel erizada desde antes de salir del edificio. Tampoco es que fuera desagradable: el cosquilleo se parece a la electricidad y a mí siempre me han gustado los rayos de las tormentas. Los rayos destruyen, pero no son ilegales. O nadie los denuncia por intento de homicidio. Al contrario, a veces hasta piden por ellos, «¡que me parta un rayo!», desean.

Un pasajero meneó la cabeza, mi paranoia aumentó. A punto estuve de levantarme para escapar, cuando me di cuenta de que las miradas iban dirigidas al señor que iba a mi lado.

Debía de tener más de setenta años, vestía un traje azul y lloraba a moco tendido.

Estaba tan abstraída en mis miserias que cuando me senté ni siquiera reparé en él. Solo ahora pude escuchar su llanto, que de verdad era estruendoso, y notar sus mocos desbordando el pañuelo de tela, a punto de caer en mi pierna.

Era algo realmente duro de oír y ver, pero fue bueno presenciar el sufrimiento expuesto con claridad. Que alguien llorara con tal congoja y delante de tanta gente desahogó un poquito el vertedero cínico de mi corazón.

También me impresionó que nadie se preocupara por él. Al hacer contacto visual con la pasajera de enfrente, puso los ojos en blanco. «Está borracho», me transmitió su gesto. Tal vez la mayoría de los pasajeros se contentaban con el mismo pretexto, ¿o era suspicacia mía y para sacarme la culpa la proyectaba en los otros? Como fuera, todos le hacían el vacío, no es que yo tuviera la suerte de encontrar un asiento libre. Mi clásico. Guardé la bolsita del maquillaje y medité qué hacer.

Ahí me di cuenta de que en realidad era más difícil de lo que suponía. Y que quizás por eso nadie daba el primer paso. Además, yo me sentía especialmente cohibida por saberme extranjera.

Es complicado de explicar, pero el señor no parecía extranjero, y me daba vergüenza que la única dispuesta a hablarle fuera precisamente yo, una chilena que vivía en Barcelona hacía menos de dos años. Sentí como si no tuviera el derecho o como si necesitara una visa especial para consolar a los autóctonos. Sé que es absurdo, y también que es un complejo que desarrollé por estar ilegal. Pero de la misma forma en que evito pedir indicaciones en la calle para que no me escuchen el acento, juro que me inhibió de actuar más rápido.

Mientras, el señor seguía gimiendo a mi lado. Absolutamente humillado.

Lo primero que hice fue barajar una solución irrealizable. Me dije: «Si no hubieras salido tarde y hubieras comprado los bombones que querías regalarle a Laura, podrías ofrecerle chocolates al señor para consolarlo». Después pensé: «¿Bombones? ¿Qué soy, Forrest Gump?». En tercer lugar, se me ocurrió algo que estuviera dentro de mis posibilidades y decidí hacerle un origami.

En mi bolso solo encontré un papel que tenía colores, ergo alegría: el *flyer* de un *after*. Lo plegué hasta formar una mariposa lo más rápido posible, aunque siempre preocupada por que las curvaturas de la punta de las alas quedaran caóticamente coquetas, como debe ser en todo vuelo de mariposa.

Una vez lista, se la pasé al señor. «Para que se sienta mejor», susurré.

Él, que estaba bastante ido en su sufrimiento, me agradeció como si yo le tendiera algo con que sonarse. Artículo que hubiera sido infinitamente más útil que mi mariposa porque su pañuelo de tela no resistía más secreción. De hecho, de sus dedos colgaban hilos transparentes de moco. No alcanzó a llevarse la mariposa de origami a la nariz. Pero tampoco entendió qué le había entregado.

Entonces se dio una escena muy penosa, en la que el señor seguía llorando y ya no podía limpiarse los mocos porque tenía las manos ocupadas con mi papiroflexia hecha con el *flyer* de un *after*. Con su voz acongojada y gangosa me preguntó qué era, y yo, con mi acento chileno acomplejado, le respondí muy bajito que un origami de mariposa. Eso varias veces. Luego, creo que pensó que le había escrito un mensaje dentro de la lepidóptera, o de lo que fuera que él viera en aquel pedazo de papel, porque empezó a abrirlo. Labor nada fácil, ya que la figurita tenía dificultad de dobleces intermedios. Total, que rompió la mariposa, y como tampoco así terminaba por encontrar ningún mensaje ni nada útil, su desesperación aumentó y el señor se puso a llorar aún más fuerte. Ni que decir que éramos el centro de atención de todo el vagón.

Bueno, pensé, no es exactamente «romper el hielo», pero destruido el caos coqueto de la mariposa nada puede ser más confuso.

A continuación busqué, por fin, papel higiénico en mi bolso. Se lo pasé y, con el acento castellano más estándar del que fui capaz, dije: «¿Cómo está?».

Era una pregunta bien tonta considerando todo lo anterior, pero agradecí hacerla.

15

El anciano dijo: «No estoy».

La bella desolación de su respuesta detuvo mi ritmo cardiaco. Y también, por un instante, dudé de su existencia. Como si el señor estuviera revelándome que era un fantasma atrapado en aquel vagón del metro y que nadie más que yo podía verlo. Aunque duró poco, fue vertiginoso, como la vida real.

Elegí mejor mis palabras y volví a preguntar qué le pasaba.

El señor se sonó e intentó calmarse. No lo logró, así que pasó a contármelo como pudo, derramando hipos y todo el catálogo de secreciones que salen por nariz, boca, ojos: su hija había muerto.

Me fijé en su aspecto. Iba vestido con elegancia, pero no de negro, así que descarté la posibilidad de que su hija acabara de morir, como se me cruzó por la cabeza un segundo, y que viniera en el metro directamente del funeral.

Después de esa conclusión improductiva, no se me ocurrió qué agregar. Pero tampoco fue necesario porque él dominó la conversación, repitiendo que ser viejo era terrible, que ella lo cuidaba y ahora ya no tenía a nadie.

A mí me dio un microrrechazo que no hiciera mención de que la quería, como si echara en falta a su hija solo porque ya no tenía quien se encargara de él. Claro que, como estaba hecho un moco, obvié su asomo de mezquindad rápidamente. Aparte de eso, seguí sin encontrar nada reconfortante para añadir.

–Es triste estar solo –sentenció él.

Yo apreté los labios y afirmé con la cabeza.

Solo vale la pena vivir si alguien te ama, quise decir para apoyar sus palabras. Pero me contuve porque probablemente el señor no estaba familiarizado con la letra de Lana del Rey. Volví a examinarlo de lagrimales a mocasín con borlas. ¿Sería solo un hombre o se consideraría él también, tal como Lana y yo, una persona glamorosa, auténtica y delicada?

«Es triste estar solo» quedó resonando en mi mente. Sentí que acabábamos de vivir uno de esos momentos que encandilan con verdad por la pura sencillez de su expresión. Un instante de reconocimiento mutuo. Fuera del tiempo cotidiano de los pasajeros.

¿Y con qué respondí a tamaña muestra de sinceridad? Ofrecí ideas tan prácticas como horribles:

–Podría buscar ayuda en el ayuntamiento, o en el CAP. Seguramente ahí tienen programas para situaciones como la que usted está pasando..., abiertos a la comunidad. –No tenía ni la menor idea de si algo así existía y, de hecho, aún no entendía del todo qué era «el ayuntamiento». Solo me encantaba utilizar el concepto tan frecuente aquí en Barcelona de *comunitat*.

«Busque ayuda profesional.» En ese momento tampoco me di cuenta de que el consejo venía de alguien que iba a juntarse con una persona que precisamente tenía pensado terminar con sus dolores por medio del suicidio. Yo odio a la gente que no deja sufrir en paz y va soltando recomendaciones «sensatas», pero ahí estaba, actuando los diálogos infernalmente tibios de Forrest Gump otra vez.

Además, por la nula reacción del señor, bien podría haber gastado mi saliva en algo igual de gratuito, pero más interesante como: «Héctor, príncipe troyano de la *Ilíada*, dijo a su esposa: "El destino ya está escrito. Si voy a morir en la guerra, prefiero ser valiente a cobarde"» o «El ecocidio también es un crimen contra la humanidad». Cualquier cosa. Lo único que puedo decir a mi favor es que tampoco le mentí soltando un ingenuo: «Ya va a pasar. La vida es un milagro».

Pese a que tenía mis resquemores, le puse una mano en el hombro y la moví en forma de cariño ya-ya. Su expresión, más que de padre doliente, me pareció la de un huérfano inconsolable. Entonces, y aunque suene contradictorio con mi empeño de ayudar a Laura en su muerte, temí que el señor quisiera suicidarse en las vías del metro. Le pregunté dónde bajaba y si quería que lo acompañara hasta la salida.

Al levantarme junto a él, resentí miradas sombrías de los pasajeros. Ondas hostiles. Como si sospecharan que siendo yo extranjera, sudaca, mi intención era aprovecharme de su vulnerabilidad para robarle o secuestrarlo. Tragué saliva y no me separé de él. Avanzamos muy lento en el andén, tras el cardumen de personas. El señor hablaba tan bajito y entrecortado que tenía que acercarme mucho para entender lo que decía. Igual, no era nada novedoso. Más lamentaciones, cosas tristes sobre su hija muerta y que el mundo era un lugar cruel que no tenía vuelta.

Al subir, la situación volvió a sentirse vertiginosamente irreal. No porque nos trasladábamos sin movernos –aunque las escaleras mecánicas siempre ayudan–. Pensé que estaba viviendo algo así como un ensayo. Si a Laura le hacían un funeral y me invitaban, conocería a otro padre abatido por la muerte de su hija. Y quizás tendría que darle el pésame. Intentar consolarlo con un origami de mariposa o caminar lento a su lado, tal como estaba haciendo con este señor. Claro que, para todo eso, primero tenía que ocurrir la muerte de Laura. Su suicidio, en unas horas. Todas esas cosas me imaginé, así que cuando alcanzamos la superficie, yo también tenía los ojos con lágrimas de tanto fabular.

–¿Cuál es tu nombre? –preguntó el señor antes de separarnos.

–Javiera, ¿el suyo?

–Antonio.

–Le deseo lo mejor, Antonio –dije tendiendo mi mano para despedirme de ese hombre que, después de setenta años viviendo sobre el planeta Tierra, aún mostraba el arrojo de llorar a moco tendido en un vagón de metro lleno de gente–. Y sepa usted que es una persona glamorosa, auténtica y delicada.

Él sujetó mi mano con fuerza y se acercó para darme un abrazo que me dejó los pelos de punta, sin respiración.

Como ya estaba arriba, decidí salir a la calle por los bombones y hacer las cosas bien. Además, en la billetera de don Antonio había cincuenta euros para gastar en chocolates finos. Tuve que robarle. Lo hice por obligación. No fuera a confundirse y pensar que en este mundo todavía hay gente que merece la pena.

Pero al final no quise maquillarme. Mientras el tren avanzó junto a la costa del Mediterráneo, esta vez de pie en un nuevo vagón, decidí mostrarle la cicatriz que cruzaba mi mejilla sin base ni corrector. Que Laura me viera tal como yo era, un monstruo.

Bajé en Blanes y esperé el bus. Aún disponía de treinta minutos de viaje para dudar.

«No te mates –me imaginé rogándole–. Todavía no somos viejas y nos tenemos la una a la otra para cuidarnos. Al menos espérate a que tengamos unas jubilaciones miserables y seamos feas. Por favor, no te mates. Es triste estar sola.»

¿Cómo iba a convencerla ahora, después de tantas mentiras? Quizás solo hiciera falta una palabra, como en el juego del ahorcado. Una palabra para dejar de dibujar su cuerpo en la hoja cuadriculada. Seguro que con una «a» mantenía a salvo su pierna. Pero ¿qué consonante necesitaba para proteger sus brazos? Laura moriría por mi falta de vocabulario. Otra vez mi ineptitud con las letras arruinándolo todo. Y, sin embargo, ¿de verdad se trataba de adivinar? ¿Quién acompaña a alguien a suicidarse? ¿Una qué? Tal vez, reconocerlo la salvaba del juego: *asesina*.

Cuando nos encontramos, me mordí la lengua y abracé a Laura con fuerza. Sentí como si una papa frita de bolsa me rasgara la garganta con sus puntas crocantes. Un cactus frito, pero logré tragar: mi rencor, contradicciones y la culpa.

–¿Estás lista? –pregunté.

Ella abrió los ojos, nerviosa, y enseñó los somníferos que debía tomar antes de meterse al agua.

Aún faltaba una caminata de veinte minutos y por un acantilado. En vez de revisar la ruta, busqué el bloqueador solar compulsivamente en mi bolso. Se lo apliqué en la cara con la misma urgencia y las manos tiritando. Ella soltó una risita.

–¿En serio, usar protector? ¿No es un poco absurdo?

–La vida es absurda. La muerte. Nada tiene sentido, excepto ponerse bloqueador.

Laura me quitó el tubo de crema y quiso aplicarme en la cara también. Negué con la cabeza.

–Es mi último deseo –exigió.

–Ya vas por tu «último deseo» número quince... Eso ya es usufructuar con la muerte, ¿sabes?

Levantó mi barbilla y esparció abundante factor 50 sobre la cicatriz.

–Soy un monstruo horrible y ya no puedo mejorar.

–Estás guapísima –dijo, y me dio un beso en la mejilla–. La asesina más guapa que he conocido...

Nos pusimos en marcha. Cada tanto miré atrás por si nos seguía una señora con túnica negra y guadaña. No había nadie excepto el sol. Me pareció más feroz y celoso que nunca.

Ni te atrevas a mirarla, le advertí al sol.

Es que es tan triste estar solo, respondió él.

20

Sin ánimo de culpar a nadie, diría que me convertí en una persona malvada por Armonía. Todo empezó con su muerte y el alivio que sentí. Murió cuando yo todavía estaba en Ciudad de México, perdida en el aeropuerto. Tras doce horas de vuelo, apenas aterricé en Barcelona, estalló una tormenta de notificaciones. Los mensajes caían como gotas pesadas. Demasiados como para ser saludos de bienvenida. Manuel no me extrañaba, su amante había muerto. ¿Me entristeció la noticia? Sí. Me sentí aturdida, pero no experimenté miedo. Supongo que en parte tomé conciencia, por contraste una vertiginosa conciencia, de que yo no estaba muerta. Acababa de descender del cielo, literalmente, sana y salva.

Pero también hubo otra cosa que me tranquilizó. Pensé: «Armonía murió y yo tengo una coartada inapelable porque estaba en México». Cosa extraña, pues yo no maté a Armonía, ni tenía ganas de hacerlo. Incluso podría decir que le tenía cariño, o me caía muchísimo mejor que Laura, el tercer elemento de la trieja de Manuel.

Eso fue lo más sospechoso de todo: sospechar de mí misma. Jamás se me pasó por la cabeza la idea de asesinarla, pero ahí estaba sintiéndome liberada en el claustrofóbico asiento del avión. No de la culpa, sino de posibles acusaciones por un crimen que no cometí.

La primera vez que aterricé en Barcelona la muerte también era un tema sensible. No la de una persona, sino la de millones. Originalmente, dejaría Chile en octubre del 2020, no en enero del 2021, y sin permiso extraordinario por las restricciones de ninguna pandemia. Pese a la vuelta de tuerca del mundo, mi plan oficial se mantuvo: ser estudiante de posgrado en España. Así rezaba la visa de residencia por diez meses. A veces como un permiso y otras como advertencia. Las excusas tienen mala fama, pero estudiar fue el pretexto más responsable que encontré para huir. Genuino, porque siempre me gustó aprender de los libros. Diligente, pues había obtenido una beca. El plan extraoficial era... ¿Cuál era? Sabía que nadie me estaba esperando y que, fuera la misión que fuese, debía llevarla a cabo sin miedo.

Del aeropuerto del Prat tomé el bus N18 y deshice mi maleta en la habitación de una chica que viajaba a Chile para saltarse el invierno europeo disfrutando del verano en el sur (costumbre de los cuicos que residen en España). Mi siguiente paso sería desentenderme de los chilenos de tal especie y cultivar el desapego material. Seguir el camino zen. Durmiendo en colchones que no eran míos, con sábanas y almohadas que tampoco me pertenecerían, iba a alcanzar la iluminación casi que por ósmosis.

Pero los cuicos chilenos igual fueron buena onda al responder mis dudas con los trámites indescifrables de extranjería y rompí mis votos budistas comprando mantas extras y calcetines reforzados para combatir a Filomena, ola de frío polar insólita para la región. Lo que siguió tampoco me lo esperaba: en seis meses me mudé cuatro veces. Ni *guay*, ni *chungo*, ni *liarla*. *Piso* y *alquiler* fueron las primeras palabras que tuve que intercambiar por las que usaba en Chile. Conceptos indispensables para vivir e incomprensibles en la práctica. La habitación más cara en que me desvelé igual compartía baño con otras tres personas. En realidad, mi sombrío cuarto era el antiguo comedor. «Reacondicionado» sería decir mucho, porque en vez de puerta o pared falsa había una cortina de nailon para cubrir el ventanal corredizo. No es que fuera degradante, pero enrollar y desenrollar la cortina cada vez que iba al baño por la noche –y soy de las que va bastante– sí que resultaba inconveniente.

O sea que los precios en Cataluña me tenían confundida, pero en cuanto a alternativas de vivienda, no importaba el nombre de la ciudad: mis expectativas siempre habían sido bajas. *Expectativas*, la propia palabra sonaba extraña, remota. Como si tenerlas fuese de por sí una expectativa demasiado alta.

En cuanto al aspecto emocional, me sentía pletórica. Hasta comprar papel higiénico significaba una aventura espectacular. Lo digo en serio, escribí una crónica al respecto. ¡Qué Sagrada Familia ni qué ocho cuartos! Mis primeras semanas como turista las pasé obsesionada con los pasillos de papel higiénico del Mercadona. «En Chile lo llamamos "Confort" –le expliqué a una señora catalana mientras tomaba su paquete de la góndola– y cuesta tres veces más que aquí. Cifra inversamente proporcional al sueldo mínimo... Confort, ¿entiende? Como si el papel higiénico fuera un privilegio. Aunque claro, también cabe la posibilidad de que los chilenos seamos tan ridículamente presuntuosos que hasta para limpiarnos el culo lo hagamos en francés.»

Sabía que mis primeras apreciaciones de Barcelona no eran más que reflejos contrastados con Chile. Por ejemplo, al contemplar la fisonomía de Santiago desde el cerro San Cristóbal, comprendes de inmediato la indignante y dolorosa desigualdad de la ciudad. Para hacerlo tragable, cito *El Rey León*. Por un lado, todo lo que toca la luz del pequeño reino de los ricos y, en el extremo opuesto, la enorme sombra de las casitas de los pobres. Entre medio, los infames «guetos verticales»: cientos de torres gigantes sin ninguna propuesta arquitectónica más que albergar entre quinientos y ochocientos departamentos ínfimos cada una. Cuando realicé el mismo ejercicio desde Montjuïc, recuerdo un suspiro emocionado ante la perspectiva. Para empezar, no tenías que eludir ninguna nube asquerosa de esmog para ver lo que había ahí abajo. La claridad era general y los lugares en los que vivía la gente resultaban, no idénticos, pero infinitamente más armónicos. Construcciones blancas o de color terracota. Tan pintorescas como unificadas en altura y visión estética.

Barcelona... Es que yo nunca había vivido en una ciudad así de bonita. Y a mí me encantan las cosas bonitas. Mis ojitos de enamorada no dejaban de parpadear ante el Mediterráneo y los contenedores para reciclaje ¡en cada esquina! Una noche, conversando con el chico del camión de basura, me dijo: «Un millón de euros». Se refería al maquinón que pilotaba y que, al contemplar otra vez, se me reveló en su magnificencia: de impecable blanco y como diseñado por Balenciaga. «En mi país –le expliqué– solo gastarían una cifra así en carros policiales para reprimir protestas.» Cuando saqué el carné de bibliotecas públicas, casi abracé al encargado: estaban todos los títulos imaginables y prestaban hasta treinta libros a la vez, durante treinta días y con derecho a tres renovaciones. Los feriados son feriados de verdad y cantidad nivel Disney. Por no hablar de las vacaciones que, siendo chilena, me resultaban de una opulencia obscena, ofensiva. Como si lo anterior fuera poco,

¡capa de ozono de calidad! Y sí, gracias al espantoso corona-virus, vivía una experiencia única: Barcelona sin turistas. La ciudad que personas de todo el mundo elegían para disfrutar de sus vacaciones a mi entera disposición. Eso lo resumía todo. Bueno, casi todo. De poco servía conmoverme mirando la ciudad desde arriba si aún faltaba encontrar mi lugar abajo. Buscando compañeros de piso en aplicaciones me rechazaron dos veces por sudaca. La primera de forma disimulada y la segunda con un frontal «no queremos vivir con latinos». A decir verdad, prefería esta última. Permitía odiar con más ganas. Y también me condujo al amor. Gracias a la xenofobia, fui a la siguiente entrevista por habitación disponible y conocí a Manuel.

El edificio quedaba en el Raval. Todos mis nuevos conocidos desaconsejaron el ex barrio chino. Pero yo venía de Latinoamérica y estaba absolutamente segura de que no podía pasarme nada que no me hubiese pasado allá. Además, lo que buscaba era precisamente el mito que envolvía al Raval: la galería de personajes locos, su mugre e intensidad. El peligro, porque se trataba de una atmósfera, y no del miedo real que daban algunas calles de Santiago. Soy el tipo de persona que siente fascinación por lugares opacos y malditos. Alguien que aprecia la santidad tierna de los delincuentes. Era la primera vez que vivía fuera de mi aislado país y necesitaba creerme el cuento. Hasta pedí el libro *Genet en el Raval* en la biblioteca. Admirada, subrayé: «Cuanto mayor sea mi culpabilidad a vuestros ojos, entera y totalmente asumida, mayor será mi libertad y más perfectas mi soledad y unicidad».

Claramente, la decisión de vivir en el Raval tenía su cuota de fantasía romántica. Pero también fue absolutamente realista: el arriendo era barato. Cuando Manuel me avisó que era la elegida, salté de felicidad. Entonces todavía no estaba loca de amor por él. Apenas vi sus ojos sobre la mascarilla. Lo que me ilusionó fue que ese piso parecía una posibilidad real, y digna, para construirme un futuro. Empezó el mes de julio. Vivía en el Raval con Manuel y otra chica con nombre de especie marina que no merece la pena mencionar.

Yo estaba almorzando vegetales crudos (hacía tiempo que quería probar el crudiveganismo y ahora coincidía perfecto con mi estilo de vida; precarización *aesthetic*). Ellos, que compartían piso desde 2019 y se conocían de varios años antes, cuando vivían en Perú (ambos limeños y que como supe más tarde también se habían dado besitos), hacían otra cosa que no recuerdo, pero estaban ahí.

Tortuga –voy a llamar así a la chica con nombre de especie marina porque la otra opción es muy larga– no sabía que con Manuel habíamos culiado al séptimo día de mudarme a su piso, le preguntó a él por una tal Armonía.

Al principio pareció que solo tenía la intención de chismear, pero pronto lo arrinconó con preguntas, opiniones y críticas a cómo trataba a su «ligue». Proceder que, por su tono, insinuaba habitual para con todo el género femenino.

Hasta el momento yo no estaba enterada de la existencia de ninguna Armonía. Caos en el mundo había visto por cantidad, pero ¿armonía? Ni en peleas de perros. Un segundo antes saboreaba mi rico –y económico– plato crudivegano y a continuación, por absoluta casualidad, me enteraba de que Manuel tenía pareja, una con el peculiar nombre de Armonía, de que existía un nombre como ese y que además había dejado de contestar a sus mensajes, justo por las fechas de nuestra concupiscencia.

Tortuga lo acusó de ser «sexo-afectivamente irresponsable». Manuel intentó defenderse admitiendo que no entendía aquel concepto. Entonces se abocaron a analizarlo. ¿Qué hice yo? Atragantarme con un brócoli.

No intencionalmente, claro. De hecho, estuve aguantándome las ganas de toser varios minutos hasta que empecé a lagrimear y no me quedó otra que interrumpir su interesante debate agitando los brazos para pedir socorro. Tortuga me observó con pánico y corrió a esconderse al pasillo (entonces yo tampoco sabía eso, que sufría fagofobia). Desde ahí, continuó regañando a Manuel a gritos, ¡que qué esperaba para ayudarme!

Él lo intentó con unos golpecitos pudorosos en la espalda. No funcionó.

«¡Presiones abdominales!», ordenó Tortuga, y lo dirigió leyendo los pasos de wikiHow.

–Primero tienes que pararte detrás de Javiera. Luego envuelve su cintura con tus brazos. Ahora inclínala ligeramente hacia delante...

Aunque mi cerebro comenzaba a perder oxígeno, me di cuenta de que Manuel se preocupaba por mantener su entrepierna alejada de mi culo. ¿Tendrá una erección?, me pregunté. O fantaseé, porque pese a la asfixia, también noté que me mojaba. Tras expulsar el brócoli concluí que el *orgasmo post mortem* debía ser cierto. Considerando que Armonía fue la primera en morir, ¿lo habrá comprobado?, que el Enigma tras el último aliento no consiste en un lugar sino en el ejercicio de la acción; ese irse, correrse, ¿un jadeo eterno como desprendimiento definitivo? Por otro lado, siempre cabía la posibilidad de que la muerte te culiara mal. Lo que sé es que a las pocas semanas le escribí a Manuel «me ahogo, presiones abdominales» para repetir la postura sin ropa. Y que, gracias al incidente, la cuestión sobre la irresponsabilidad afectiva quedó sin resolución. Lo que sí acordamos fue que en adelante cocinaría mis vegetales. Aunque era una adulta y sabía comer, todavía corría peligro de morir atragantada como una niña.

Como buena adolescente de treinta y un años, a mí

también me sonaban nuevos todos esos conceptos sobre las relaciones «modernas». Claro que tampoco había que ser una experta en teoría afectiva para entender lo que Tortuga trataba de decir sobre Manuel. Violeta Parra, ya en los sesenta, lo definía como «un embustero». No me estaba enterando por Twitter o Instagram. Sino en mi cara y con el acusado en cuestión al frente. ¿Qué pensé yo? «De haberlo sabido, probablemente tampoco me aguanto las ganas.» En cualquier caso, no era infidelidad. Con Armonía tenían una relación abierta.

Magnífico, concluí entonces. Justo que con el cambio de país necesitaba reinventarme. Las clases del máster habían terminado, pero en lugar de escribir el TFM, dediqué todo mi tiempo a leer bibliografía sobre relaciones no monógamas. Aprender una nueva forma de amar, ¿qué podía ser más estimulante que eso?

Ya fuera con mi arribo a Barcelona, o en el amor, quería aventuras en el contexto educado y seguro de la socialdemocracia. Ansiaba un fuego confiable, sin daños colaterales, que solo brilla para divertir. Llamas en mi corazón, no en las calles de un país pobre. ¿Qué puedo decir a mi favor? Nada. Pero creí que me lo merecía. De verdad creí que me merecía Europa. El primer mundo, aunque fuera el pedacito más al sur del hemisferio de bienestar. Sé que sueno tiernamente aspiracional. Tal como cuando mi mamá decía que la cigüeña se había equivocado al tirarla en una familia de alcohólicos de una población miserable. Sí, las cigüeñas cometen errores. Pero también migran a la península ibérica entre marzo y abril. Y esta vez yo sería esa ave de alas enormes y perfil de vuelo impresionante, no algo arrojado a su suerte en un pañal.

La primera cita de Tinder de mi vida resultó una experiencia cómoda en el sentido más insípido de la palabra. A las ocho ya estaba de vuelta en casa. Sintiéndome derrotada, fea pero a salvo de la estupidez, de la mía. Manuel estaba en la habitación de enfrente y le escribí usando la jerga local: «¿Qué planes?». Nos juntamos a carretear con Feña, amigo y compatriota suyo. Compramos cervezas para tomarlas en la calle y conversamos sobre lo poco originales que eran las marcas al utilizar estrellas en sus nombres o logos. Google, el más instruido de nuestro grupo, dijo que el gremio de cerveceros medievales eligió el signo alquímico de la estrella porque simboliza la unión de los opuestos: «el orden del cosmos». Concluimos que tenía sentido. Pero nos llamó todavía más la atención que en Latinoamérica las marcas optaran por jerárquicos escudos de armas y coronas (probablemente porque hasta nuestra cerveza sabe a colonialismo). Así que no fue tanto una conversación tipo «drogadictos hablando de drogas», sino más bien de reaprendizaje de la realidad. Por ejemplo, yo siempre había cocinado con fuego. La combustión, sus llamas, ocupaban un lugar muy importante en mi corazón. Pero ahora tenía que vérmelas con placas vitrocerámicas. Es lo que ocurre cuando migras. Todo brilla por su diferencia, y yo quería entender el porqué de cada detalle del viejo mundo que desconocía.

En esa época, el propio mundo se desconocía: discotecas cerradas y bares con permiso hasta las once y media. ¡Alucinante!, seguimos dando vueltas por las callejuelas del Raval, hablando con gente que aparecía y compartiendo cervezas con sabor al orden divino del cosmos. Vandalizando muros con espray. Feña rayaba cocodrilos tecladistas y Manuel una cabrita coqueta. Yo tomaba fotos de cada mínima cosa. La noche nos absorbió. Pasó a toda velocidad, como si la fiesta ocurriera en la estela luminosa de un tren.

Nos sentamos en unos juegos para niños de la rambla del Raval. Claro que la jornada estaba lejos de acabar, yo aún disponía de un montón de energía. Mi desencanto ante el tormento injustificado de la vida nunca terminaba por transformarse en hastío. ¿Cómo podía tener tan poca fe en el mundo y, al mismo tiempo, tantas ganas de salir a su encuentro? En ese entonces, era fanática de sentir. Y la intensidad, el método de lucha contra el estado de sumisión y parálisis. Si eso no resolvía mi contradicción existencial, entonces debía ser que los científicos todavía no daban con la vacuna contra la vida. Vivir era una enfermedad incurable.

Feña nos avisó de que iba a mear. Aunque tocaba el suelo con los pies (soy baja, pero no tanto como para medir lo mismo que una niña de cinco años), sentí que colgaban por estar agradablemente suspendida en la tensión de quedarme a solas con Manuel.

El ambiente en la rambla era decrépito y efervescente. Alrededor, grupos similares al nuestro y totalmente distintos. Por los arbustos, ratoncitos correteando. Y en las farolas, el vuelo laborioso de murciélagos para librarnos de los mosquitos. Pensé que si de pronto apareciera un jabalí, no me sorprendería. Perros callejeros, como los de Chile, no iba a divisar, aunque imaginara la distopía o jardín del edén más loco.

Los siete primeros días de convivencia con Manuel ya me habían dado algunas pistas sobre quién era. Sabía, por ejemplo, que cada mañana se alimentaba con avena y canela, invariablemente (a mí esas cosas de desayunos frugales me impresionaban muchísimo), y sentía debilidad por las plantas. Todo el verde que encendía la sala le pertenecía, y él se afanaba en el examen y mimos a las hojas. Invertía varias horas en el sofá para estudiar los cambios lumínicos que podrían afectar el crecimiento. Y verlo observar la luz se convirtió en mi pasatiempo favorito.

Su signo zodiacal se regía por Venus y también desprendía sensualidad tocando el bajo en dos bandas punk. Aún no entendía cómo se ganaba su sueldo. Más me interesaba el título de su tesis de pregrado «Boleros en el melodrama de Almodóvar». Pero gracias a las medidas del gobierno peruano para enfrentar la pandemia, contaba con el dinero que retiró del sistema de pensiones. Gastaba sus ahorros para la vejez en lo último que le quedaba de juventud en Barcelona. Yo había hecho lo mismo. Mi cifra era bastante más humilde, pero entendía el sentimiento de su decisión.

Nadaba en la Barceloneta cuatro veces por semana. Lo intuía por su espalda y brazos tonificados. Por la sonrisa que, en su rostro, siempre veía nadar con gracia de una orilla a otra. Y definitivamente, explicaba su tono de piel. Manuel tenía lo que mi padre llamaba un «bronceado fascinante». Su cuerpo irradiaba calor.

Dos días antes del viernes con Feña, propuso pasar el mediodía en la Barceloneta. ¿Qué sabía yo de nadar? Que

31

mi personaje favorito era la Sirenita: una mujer que había sacrificado su fabulosa cola para caminar dolorosamente erguida por el amor de un hombre. Aparte de eso, en 1998 también recibí unas extravagantes y brevísimas clases de natación.

En el trabajo de mi mamá hicieron un convenio con una piscina y ella nos matriculó a mi hermano chico y a mí. Todo maravilloso, excepto que el primer día que asistimos no había clases normales, sino un campeonato metropolitano. En vez de devolvernos a casa, algo apenados pero con la dignidad íntegra, mi madre nos inscribió en la competencia.

—Tú vas en doscientos metros de crol —indicó ella con seguridad. Tal como si hablara de un concurso intercomunal de sillitas musicales, juego en el que yo gozaba de cierta fama, algo así como las nalgas más rápidas de la zona norte.

—Súper —dije para reforzar la confianza de mi madre. Y a continuación quise saber—: ¿Qué es «decrol»? —Supongo que me parecía una información relevante, considerando que mis habilidades se reducían al nado a lo perrito. Quizás fuera una forma más sofisticada de llamarlo: «can» en francés.

—Se dice «crol». Es un estilo, el más fácil de todos. Solo tienes que impulsarte con los brazos hacia delante, así como hacen en *Baywatch*.

«*Baywatch*... —me quedé pensando—. ¿Es como que tengo que ir bien sexi, salvar a un hombre y darle respiración boca a boca hasta enamorarlo? Porque puedo hacerlo, mamá. Nunca he estado más preparada para algo en la vida que para eso.»

Practicando las brazadas en el aire, me di cuenta de que los cuerpos de las otras competidoras parecían los de unas adultas en miniatura, o los de unas heroínas mitológicas en tamaño niña. En fin, que para cuando tocó mi debut estaba tan nerviosa que salté antes de oír la partida. No me di cuenta, por supuesto. Y como iba tan concentrada en performar a lo Pamela Anderson, tampoco noté que era la única en la piscina, ni escuché las alertas que venían de la superficie. Di las vueltas que indicó mi mamá y emergí satisfecha de terminar la carrera sin morir en el intento. Como tenía los oídos tapados, me costó entender cuando me explicaron que había hecho el ridículo, sola y no sé por cuántos minutos frente a la gradería repleta. Cualquier juez apegado a las normas, o con un mínimo de compasión, me habría descalificado, pero no fue el caso, ¿mi madre lo había convencido también a él? Era probable. Como sea, volví a saltar, me acalambré, fueron por mí y, tras conseguir el reembolso del convenio, no volví a acercarme a una piscina.

Manuel era un nadador delicioso y yo tenía mis partidas falsas. No supuso ningún impedimento. Si me hubiera dicho que practicaba surf, ahí habría estado a las seis de la mañana con el traje de rana y la tabla. Lo importante era verlo en horario extraoficial de *roomies* y con poquita ropa. Respondí a su propuesta con ilusión de Sirenita y una confianza peligrosamente parecida a la de mi mamá. El objetivo era nadar juntos hasta las boyas, pero a duras penas logré flotar un cuarto del trayecto.

Me pareció justo. Así como yo iba conociéndolo a él, Manuel también tenía derecho a hacerse ideas de mí. En concreto, que yo a veces decía cosas que, al final, no podía cumplir.

«Partida falsa.» El concepto habría sido útil para explicarle a Manuel cómo fue escribir mi primera novela: nadar agónicamente por una idea que era un error desde el comienzo. Claro que entonces todavía no aceptaba el fracaso. Incluso cuando las reseñas lo tildaban de «malísimo», me animaba que escogieran el superlativo. Sí, era mala, pero en su grado máximo. ¡Nada de mediocridades! La crítica era el problema, me convencía, por ser incapaz de comprender que hay muchas formas de partir además de la correcta y que, si querían verme nadar, el salto sería precipitado.

Manuel alcanzó las boyas, yo esperé en la arena. El contexto no podía ser mejor: sol, playa, semidesnudez. ¿Qué hice? Enseñarle un whatsapp de mi mamá felicitándome por la novela. Bastó que él hiciera una vaga alusión al libro para compartirle, no contarle, sino obligarlo a escuchar un audio en el que mi madre, con la voz indiscutiblemente quebrada por la emoción, decía: «Yo que soy tan corriente... Me llena de orgullo tener una artista en la familia».

Debí estar al borde de la desesperación para exhibir una prueba como esa: que yo era especial para mi mamá. Pero es que me hacía feliz, ¿qué significaba la crítica al lado de mi madre?

«Lindo el audio de Scarlett», opinó Manuel. Yo me quejé: «Puuu... No me deja tranquila. Está enamorada de mí. Y a mi papá no lo veo desde los quince, ni siquiera sabe que soy escritora». Ojalá pudiera echarle la culpa al alcohol, pero no había una gota legítimamente desinhibidora en mi sangre. Es evidente que con mis confesiones intentaba reproducir, forzosamente, la sensación de intimidad. Y darme un estatus simbólico. ¿Ya que no se puede contar plata, contar desgracias? Había aprendido a no mencionar que mi papá era exagerado. Por ejemplo, al prometer cachetadas que iban a darte vuelta sonaba a giros espectaculares y cuellos alargados a lo *Looney Tunes*, cuando luego, en la realidad, no eran así. Pero encantada de la vida le solté que mi papá había estado preso en la cárcel. Si de coquetear se trata, jamás gasto tiempo en partidas falsas. Quizás en esto me parezco a mi padre.

Manuel se veía entretenido, pero no me contó nada sobre él. Se guardó que su mamá había muerto hacía meses. O que, tras el fallecimiento, su familia había heredado una sustancial deuda con la clínica. No se autocompadeció ni mencionó que tenía dos hermanas. Era reservado, o entendía que el mayor estatus te lo brinda el misterio.

Los ratoncitos seguían con sus quehaceres nocturnos en el Raval. La temperatura de la noche nos trataba con amabilidad. Pese al ruido festivo que soplaba por ambos lados de la Rambla, de pronto, perdí todo mi ánimo. Sabía que era una pésima idea; nada práctica y, considerando el libertinaje que supuestamente ofrecía el puerto de Barcelona, hasta poco desafiante. Miré la estrella de mi cerveza con melancolía, como quien ya no cree en deseos fugaces.

–Tengo un problema –empecé.

–¿Qué pasa? ¿Te sientes mal? –se preocupó Manuel.

–Creo que me gustas.

Su silencio, aunque breve, fue aterrador

–Parece que tengo el mismo problema... –dijo él sonriendo–. Hablas como Jorge González.

Supuse que aparte de los chilenismos (Jorge González era conocido en Perú), se refería a que yo hablaba como un hombre amanerado, pendenciero y resentido. Me encantó. Jamás me había dicho algo tan extraño, tan hermoso. Fui entrelazando mi mano con la suya, lenta y meticulosa como una ramita. Centré toda mi ebria atención en el examen de sus dedos, caricias que también tenían algo de jardinería. Y, finalmente, sentados en juegos para niños, acompañados por borrachos, ratitas diminutas y murciélagos que sonreían expectantes, nos dimos nuestro primer beso.

La noche volvió a empezar. Cuenta regresiva, fuegos artificiales. En adelante sería así con Manuel: entusiasmo de Año Nuevo, la promesa de no cometer los mismos errores y un primero de enero con resaca mortal. Feña no volvía y Manuel se preocupó. El segundo acontecimiento del año ocurrió cuando dimos con él. Estaba desnudo de cintura para arriba y discutiendo con dos policías. Lo habían pillado meando. «Pero no de forma normal», como explicó uno de ellos, sino dibujando su cocodrilo tecladista con el chorro de orina. En vez de sacarle una multa «normal», querían obligarlo a limpiar la poza que quedaba del dibujo con su camiseta. Indignados, nos sumamos a la discusión, que terminó poco después de que desenfundáramos nuestros celulares y los apuntáramos con las cámaras encendidas, cual espadas láser. No porque los policías se sintieran amedrentados por tres sudacas, sino porque la luz llamó a dos jóvenes catalanes que pasaban por ahí; al unirse legitimaron nuestra protesta. Se notó que más que querer ayudarnos, su problema era con la Guardia Civil –o los Mossos, en esa época todavía no los diferenciaba–. Fuimos su pretexto. No nos saludaron ni se despidieron. Pero igual: buena onda.

Lo siguiente fue que intentaron robarnos.

De vuelta en los juegos para niños, comentamos la reciente afrenta con «Yonaguni» sonando de fondo. Venía obsesionada con la canción desde junio –los símbolos colectivos me conmueven, y cuando se trata de la primavera, con sus ideas de renacimiento y juventud, agradezco y soy su más fiel servidora–. Prometía ser el hit del verano y la puse en *repeat* hasta que entendieron que era hermosa, o me dieron la razón por cansancio. Al rato –horas, qué sé yo– se nos acercó una figura espectral balbuceando una lengua igual de hipnótica. El *yeh-yeh-yeh-yeh* de Bad Bunny comenzó a alejarse y justo a tiempo comprendimos que

36

las manos de otro joven se llevaban el celular. Abracé a la figura balbuceante y le advertí que no podía ser. Mi chilenidad me lo impedía, ¿cómo iba a explicar la deshonra de que me robaran en Europa? Entonces vino un intercambio muy diplomático con los dos chicos, sobre todo en comparación con el diálogo policial. Al hacer inventario de nuestras pertenencias, descubrimos que faltaba el celular de Feña. Fuimos bastante enfáticos en que lo último que queríamos era acusarlos de mala fe, pero que a estas alturas de la noche no se nos ocurría otra alternativa. Ellos comentaron que no significaba ofensa alguna, pero que lamentablemente no habían robado aquel celular. Tras unos minutos, se sumó un tercer chico. Uno de los jefes, según entendí por la forma intimidante en que desfiló hacia nosotros. Vestía de impecable negro, y la sensualidad con que se acarició el cuello me dejó fría. Así como hizo de su entrada un espectáculo inquietante, también me dio la sensación de que podía pasar perfectamente desapercibido –feliz– en la aduana de cualquier aeropuerto. Se presentó como Il Bello y nos invitó a tomar asiento, otra vez, en los juegos infantiles.

Lo que ocurrió después no lo recuerdo muy bien, pero Il Bello mantuvo su cordialidad y encanto en todo momento. Sé que no se disculpó por el intento de robo, gesto que tampoco era necesario. En parte porque no lo considerábamos culpable. En parte porque, obvio, se trataba de un bandido. Sé que le hicimos mil preguntas sobre su oficio, borrachamente repetitivas, y que él respondió con soltura y paciencia.

También se ofreció a recuperar el celular de Feña. Decir que se ofreció es mezquino, más bien se comprometió personalmente a ayudarnos. La operación demoró bastante. Como nos hizo saber, la estructura de su organización no era lo que se dice centralizada. No es que pudiera llamar a soporte técnico o algo así. Vinieron y se fueron chicos en escúter con opciones para el celular perdido. Uno de ellos trajo tres iPhone a la vez. «¡Quédatelos todos!», invitó Il Bello al Feña. Él respondió que muchas gracias, pero que prefería el suyo y que, dicho sea de paso, no era iPhone, sino un humilde Motorola.

El resto de la madrugada la pasamos escuchando las aventuras de Il Bello. Algunas de sus anécdotas resultaban satíricas, unas pocas estoicas y otras tantas hedonistas, pero todas siempre muy didácticas. También explicó que esto de los celulares era algo más bien reciente, y tan desprovisto de violencia que casi lo sentía como su jubilación. Debían de ser cerca de las seis cuando por fin apareció el Motorola. El chico esta vez venía triunfal sobre su escúter, con la mano alzada para enseñar de lejos el preciado dispositivo. Celebramos con vítores y aplausos.

Antes de despedirnos de Il Bello, intercambiamos perfiles de Instagram y nos sacamos la selfi de rigor. Abrazos afectuosos y promesas de seguir en contacto.

Feña tomó rumbo hacia Poble Sec. Manuel y yo volvimos a casa zigzagueantes, coreando «Yonaguni». Como toda buena pieza de arte popular, la canción produjo un hechizo. Al igual que en la letra, solo nos buscábamos al beber copas de más. Eso de que el enamoramiento es embriagador fue bastante literal en nuestro caso. Comenzaba una era de romántico alcoholismo.

# OBSTÁCULO

Seguimos en el sofá. Yo estaba en shock. Los besos de Manuel eran tan deliciosos que, cada tanto, tenía que separarme de su cara y verbalizarlo: «¡Qué rico!». Él confirmó que sí, eran ricos. Y luego quiso irse a dormir a su pieza.

«¡Cómo!, ¿no vamos a culiar?», exclamé atónita. Él se puso a reír y huyó hacia el marco de la puerta, una estructura liminal y el mejor sitio para protegerse de un terremoto, según nos enseñan en Chile. Insistí. Entonces me explicó que era tímido. Ya me había dado cuenta de que le costaba mirar a los ojos y que era dueño de su silencio, entre otras restricciones que interpreté como sexi desconfianza, no timidez. O siempre cuesta creerlo viniendo de hombres tan guapos como él. Pero resultó ser tan cierto como en Kurt Cobain. Con el tiempo descubriría que Manuel era uno de esos seres tímidos a los que siempre les roban los besos, cientos de besos robados. El típico chico retraído que por timidez termina involucrándose en un homicidio ridículo sin darse cuenta.

«¿De verdad no vamos a culiar?», repetí con tono osado. Porque los rasgos de mi personalidad se habían forjado en otra escuela, el Juana de Arco College. Siguiendo el ejemplo de nuestra patrona mística y líder militar revolucionaria, mi corazón se movía por la fe y el arrojo. Intrépida a fuerza de escuchar voces en mi cabeza.

«¿No querí culiar conmigo?», pregunté una última vez, sin poder disimular la pena.

No sé si lo convencí o quiso consolarme, pero volvió a sentarse y pronto retomamos los manoseos. ¿Eso cuenta como consentimiento?

Los besos siguieron increíblemente deliciosos. Pero ahora también me sabían a presagio. En adelante sería así: tendría que rogar por ellos. Y yo quería hacerlo. Esa madrugada culiamos tan rico que hasta tuve un orgasmo. Casi nunca me ocurre al tener sexo por primera vez con alguien (a veces ni en la enésima vez, ni siquiera en la última), así que estaba sorprendidísima y, de nuevo, tuve que expresarlo con palabras. Qué rico, ¿no? Dime que sí. Por favor.

Nunca deseé con tanta fuerza ser una suplicante. Esperar a Manuel de rodillas y desnuda, practicar maullidos lastimeros. ¡Ten misericordia y déjame cosificarte! Rogaría, aunque solo sirviera para desarrollar su sentido de la compasión. Si lograba que empatizara con mi sufrimiento, el mundo sería un lugar mejor. ¿No es eso lo que todas las personas buscan al enamorarse?

Desperté con él en mi cama. Del revés, las extremidades enredadas. Exhausta. Asombradísima.

Preparamos café. Con nuestras piernas y brazos debidamente ordenados y distanciados por las sillas del comedor, nos dispusimos a rememorar la noche de aventuras en el Raval.

Ambos coincidimos en que había sido bellísima. Estimulante, y envuelta en un aura ruinosa. No como las ruinas sagradas de Machu Picchu, sino ruinas con olor a pipí. Me sentí muy bien al llegar a aquella conclusión: Barcelona

40

era decadente. Europa era decadente. Fue como una especie de liberación. No sé si del futuro, o de mis aspiraciones como escritora, o de la ilusión extenuante por superar el subdesarrollo latinoamericano, pero de algo. Resulta difícil decepcionarse de la decadencia. Y en una época tan obsesionada con el éxito, ser decadente es un lujo.

Bebido el café –que no suponía ningún compromiso poscoital, pues los dos estábamos en nuestra cocina–, Manuel anunció que se marchaba. Me di cuenta de que era mi oportunidad para suplicar. Postrarme a sus pies y pedirle que se quedara. Y también entendí que iba a ser más difícil de lo que había pensado la madrugada anterior, mientras nos manoseábamos. Que implorar a la una de la tarde, con la ropa puesta, las extremidades bien diferenciadas y en frío, cuesta muchísimo más esfuerzo que hacerlo con el cuerpo caliente. La temperatura es poderosa.

Cuando se fue ni siquiera me molesté en ponerme triste pensando «Acabo de tener el mejor sexo de mi vida. Si de mí dependiera, no haría otra cosa en los próximos cinco años y abandonaría todo. Pero él tiene un almuerzo y se va». Me sobraba felicidad, y saltando fui a oler sus sábanas. Como toda perrita que se precie de serlo, necesitaba seguir la pista de su aroma, confirmar que el banco de sudor en las almohadas de Manuel coincidía con el de mi recuerdo (sí, ya era parte fundamental de mi memoria). Y que lo percibía excepcionalmente intenso, aunque no tuviera idea de cómo describirlo o justificar por qué me encantaba. Me sentí cursi, salvaje y tan mimada por la vida como una cachorra recibiendo a su amo. Tres segundos después me despertó el frío ártico que desprendían las sábanas. Entonces me di cuenta de que solo estaba yo, abrazada a un aroma. Fue cuando me enamoré de su olor, su cuerpo en ausencia.

La sensación de vacío fue palpable. Por fortuna, aún mantenía mi estatuto de «nueva en la ciudad», y cualquier persona que encontrara ahí afuera resultaría alucinante por su novedad. Dormir no iba a poder, aunque la resaca me partiera la cabeza en dos. Durante la temporada de verano, obtendría tres esguinces y varios accidentes estúpidos, pero ninguno lograría que guardara reposo. Detenerme se me hacía imposible en esa época. Tal vez padecía de una disociación común a causa de emigrar. Quizás era una de las consecuencias esperables del confinamiento por la pandemia. Y también cabía la posibilidad de que mi impaciencia errática fuera un problema que arrastraba desde siempre. Pero al quedarme a solas, sentía pánico.

En realidad, los besos deliciosos en el sofá ocurrieron solo porque Tortuga estaba en Madrid. Y se lo mantuvimos en secreto. Manuel dijo que ella le advirtió explícitamente «no acostarse con la chilena». Yo no quería arriesgar mi preciada estabilidad habitacional a siete días de mudarme. ¿Y luego? Supongo que como nunca sabíamos cuándo volvería a ocurrir un encuentro, o si se detendría definitivamente, casi que le hacíamos un favor ahorrándole nuestra incertidumbre fundamental.

O quizás yo buscaba atenuar el papel de Armonía. Al vestir a Tortuga con el delantal de madre mojigata y aprensiva, y a Manuel y a mí como sus hijos incestuosos, lo nuestro no era complicado por ninguna relación abierta, estaba prohibido.

Convertir el romance en algo ilícito tenía sus desventajas. Perdí, por ejemplo, el descanso mental de las tareas cotidianas y banales. Hasta para ir al baño tenía que hacerme la interesante, y estaba pendiente de Manuel 24/7. Mi olfato, audición y vista lateral seguían todo lo que hiciera. Sus ausencias, suspiros y el posible significado de cada canción que salía de su parlante. Me concentraba en él incluso cuando lo escuchaba cortarse las uñas. Y Manuel se las cortaba regularmente. Verlo salir en toalla después de la ducha, un suplicio. Pero la clandestinidad también tenía sus cosas buenas. Verlo desfilar en toalla por el pasillo, la dicha. Acariciar cada manilla de puerta que tocaba con sus manos. Meter por error unos calzones míos en su carga de lavado para que se impregnaran de su aroma. Entrar en punta de pies a su cuarto cuando salía para jalarme sus sábanas, examinar el misterio de sus cajones, inventariar periódicamente las tiras de condones y besar el inhalador para el asma en el que ponía su boquita. Con respecto a la libreta negra que usaba como diario de vida, me costó un esfuerzo sobrehumano no leerla. Pero aprendí a disfrutar solo con tenerla cerca, como si fuera un libro sagrado cuyas palabras me cegarían. Me bastaba comprobar que había una nueva entrada de experiencias y sentimientos. Enseguida lo cerraba y lo llevaba a mi cama. Pasé tardes, tan placenteras como ascéticas, acostada junto al diario de vida de Manuel. Oyendo el temblor poderoso de su silencio y contándole todos mis secretos. Terminé encariñada hasta del sonido metálico del cortaúñas.

Como es obvio, el premio mayor de lo furtivo se lo llevaba el sexo. Si no tienes permiso, juegas con más ganas. Cualquier mínimo roce produce escalofríos. Lo que en otras parejas pasaría por simples travesuras en nosotros se volvía una hazaña peligrosa, como esa vez que los vecinos se fueron de vacaciones y usamos el encargo de regar las plantas para culiar en su departamento.

Así fue al principio. Lo que teníamos era lo que no estaba disponible. Como ese letrero del almacén de la esquina de mi casa. El bazar se llamaba Universo y tenía de todo; en especial, cartulinas a cien pesos. Me gustaba el olor que desprendía un pliego de cartulina enrollado. Me gustaba el sonido que producía el elástico que sujetaba el rollo al subirlo y bajarlo de camino a mi casa. Tenía nueve años, pero jamás me sentí tan adulta y plena como al comprar en el Universo un rollo de cartulina a tiempo para la clase del día siguiente. Ah, y el cartel del almacén decía: HOY NO SE FÍA, MAÑANA SÍ. Esa misma idea, pero con el amor de Manuel. Las paradojas obsesionan a los científicos más brillantes, y a mi corta edad también me parecía un juego de palabras divertidísimo.

Con treinta y uno albergué la esperanza de volver a sentir con la misma candidez. La inocencia parecía lo único que podría salvarme del cinismo, por eso era tan importante dejarme llevar. Necesitaba la euforia y asombro de los principiantes. Su egoísta pero genuina confusión. Quizás solo pasé de la fiebre del virus a la fiebre adolescente. Pero también conocía a suficientes personas de cuarenta, cincuenta y sesenta años para entender que, en cualquier caso, la madurez era un mito. Caminé por el Raval cantando «Volver a los diecisiete» de Violeta Parra.

Imagino que la mayoría de los criminales dicen lo mismo, pero dentro de la locura de mis sentimientos yo me consideraba bastante normal. Tenía las mismas intenciones que todos, las mejores.

# BAR BIE

La primera vez que vi a Armonía fue por casualidad. En la fiesta de otra persona que teníamos en común, aparte de Manuel. Si todavía me costaba dar con una dirección en Barcelona, era por mi dependencia de Google Maps, no porque fuera grande. Me gustaba su tamaño nivel usuario y nunca me pasé la película de ciudad cosmopolita y la weá, pero recién me daba cuenta de que, como se burló Armonía, Barcelona era un pueblo con metro. Al opinar de Manuel, también coincidimos. Armonía fue la que se acercó, y cuando me dijo quién era me quedé fría, sin saber cómo reaccionar. También se me puso la cara roja y me dio la impresión de que alguien había confundido mi corazón con el candado de un diario de vida y le metía una llave equivocada a la fuerza. La sensación de alarma hizo que recuperara mi sobriedad por completo, y que al segundo siguiente me sintiera demasiado borracha para mantenerme en pie.

Me asombró ver la corporalidad bípeda de Armonía, porque hasta el momento había preferido pensar en ella como en un satélite. Alguno de los tantos que imaginaba orbitando por la estratosfera de Manuel. A veces lejano, aunque enorme como la Luna. Otras, rondando cerca, pero anecdótico como basura estelar: un cohete olvidado de la Unión Soviética que apenas si había funcionado desde su lanzamiento. Me impresionó verla en pie porque entendí que la gravedad la trataba igual que a mí. Pero sobre todo porque me sentí enana. En mi día a día en Barcelona, no pasaba uno sin que comparara mi estatura con la de cualquier mujer de la calle y lamentara mi vida por completo imaginando cómo hubiera sido de distinta —mejor— si estuviera diez o incluso cinco centímetros más cerca del estándar. Claro que, junto a la catalana y esbelta Armonía, no daba ni para fantasear... Me sentí, bueno, caótica, como si mi nombre se opusiera al suyo en mi condena anatómica: Desproporción Soto.

Me cayó bien enseguida. De cara, tenía todos los colores y elementos para ser hegemónicamente linda, pero no terminaban por encajar bien (algo que siempre es placentero de comprobar en una europea). Sus observaciones inteligentes también ayudaron. Entendí por qué le gustaba a Manuel, aunque eso no impidió que le mintiera. Que omitiera cualquier frase de la que pudiera desprenderse que mi relación con él iba más allá que la de dos compañeros de piso cruzando cordiales saludos de buenos días.

A mí me cuesta ser directa hasta con la gente que quiero, y esa noche me sentía más atrapada de lo común. Horas antes, cerca de las ocho, me junté con un absoluto desconocido en un bar. Tenía una carita preciosa, el perfecto desconocido, y me contó que era madrileño y su rapero favorito le gustaba por ser el más rápido del mundo: 4,45 palabras por segundo. No es la clase de impulso que me conmueve en el arte. Suelo privilegiar la profundidad del tiempo a su velocidad, o duración, pero mostré interés porque me llama la atención cuando una persona ama por razones diferentes a las mías. Igual, él no preguntó por mis gustos musicales. Siendo franca, creo que a los diez minutos ya se me cruzó por la mente que era un poco estúpido y un poco prepotente, pero me quedé tomando con él hasta que cerraron el bar. Antes de partir, el absoluto desconocido puso sobre la mesa una bolsa plástica llena de hongos alucinógenos. Dijo que eran cosecha de su madre y que probablemente no nos harían efecto. No sabría decir si porque los había cultivado una madre, una mujer o una primeriza en fungicultura, pero ese fue su argumento para tomar un puñado rebosante de setas. Yo asentí y lo imité. Mientras caminábamos sin destino, llamó a un camello-amigo suyo para comprar coca. Pensé que solo lo estaba acompañando en la transacción, no que se pondrían a esnifar ahí mismo en la esquina, ni que yo terminaría jalando en la punta de una navaja. Cuando por fin se despidió de «su colega», el absoluto desconocido me besó sin consulta previa, indirecta, o al menos una cuota de pasión y lengua que justificara el arrebato, y pocos segundos después, cerca del MACBA, se sintió con el derecho de agarrarme el culo y tratarme de «baby».

Lo que más me impresionó no fue su descaro, sino darme cuenta de que lo dejaba hacer porque no tenía ni la menor idea de cómo tratarlo. Estaba acostumbrada a salir con hombres tímidos. Si pasaba algo en mis citas siempre lo iniciaba yo. Y en uno de cada cinco casos, terminaba en una relación romántica y exclusiva. Razón por la que me mostraba tan canchera en el coqueteo en primer lugar. Más que *psycho killer*, yo era polola *killer*. Mis cifras se resumían, desde que perdí la virginidad, en una pareja cada dos años y a tiempo completo: mellizos coordinados hasta para las deposiciones. Es que a mí me daban miedo los hombres y por eso necesitaba uno que me ayudara a espantarlos en la vida cotidiana. Además, por supuesto, de que me abriera los frascos de conserva. Y me jurara su amor incondicional. Porque, aunque no les creía una palabra, era agradable escucharlo cada día.

Tras el agarrón, el absoluto desconocido se frenó de golpe para explicarme el ingenioso nombre de la cervecería que teníamos delante: Bar Baridad. Le encantaban esos juegos de palabras, añadió, y soñaba con abrir un bar propio solo para llamarlo Bar Simpson. No supe si escapar, burlarme o soltarle un «¡te amo!». Pero Bar Simpson era de lejos lo más original, interesante y simpático que había escuchado salir de la boca de ese ser humano en varias horas. La carcajada (a su costa o gracias a él) ayudó a disimular mi perplejidad por su beso y el agarrón. Si bien me asustaba el rumbo que podía tomar la noche, la curiosidad por seguirlo ganaba. Y pensé que me iría mejor fingiendo que tenía la situación bajo control. Que estaría más segura si le hacía creer que en cualquier momento podía agarrarlo de su carita preciosa para doblarlo en dos y metérmelo al bolsillo.

Por lo demás, tenía clarísimo que estaba con él para no torturarme en mi pieza imaginando qué hacía Manuel con su sábado. Empatar era mi acuerdo implícito en la relación con él. Cuando estaba cabreada, lo llamaba competir. Y en mis días más idealistas, socialismo; ya fuera como punto de partida o como venganza del proletariado, pero igualdad. Esa era la razón por la que me esforzaba tanto en pasarla increíble de fiesta, si por increíble se entiende la situación usual de bailar con otros borrachos y/o empastillados esperando el fin del mundo.

En cierto sentido –uno patético, sobra decirlo–, me tranquilizó pensar que era yo la que estaba utilizando al perfecto desconocido. Al fin y al cabo, iba junto a él y no recordaba ni su nombre.

Buscar un carrete de emergencia y llevármelo al cumpleaños de una chica conocida que podría ser amiga si no gastara todo mi tiempo en hombres bien parecidos, fue la única estrategia que se me ocurrió (Bar Simpson tenía mis redes neuronales colapsadas a fuerza de sinapsis) para interponer personas y metros de distancia. Una fiesta siempre es un refugio. Hablar con Armonía también. De hecho, fue lo primero que le comenté: «Ese hombre de allá me dio un beso sin preguntar. Me han obligado a la fuerza, claro, pero hacerlo así no más, no me pasaba como desde los catorce. Estoy en shock, pero qué guapo es, ¿cierto?».

El resto de la madrugada nos centramos en Manuel. Con tono de chismorreo inocuo, le pregunté directamente por él y su relación abierta. Armonía terminó confesando que le costaba confiar en el cariño de Manuel: siempre parecía a la espera de alguien mejor.

A mí poco me faltó para maldecirlo. «Es tan débil –comenté– que cuando sale a la calle y ve los rayos del sol por primera vez en el día se pone a estornudar.»

A ella le asombró el nivel de detalle en mi observación, ya no de costumbres diarias en lugares de encuentro fortuito como la cocina, sino de respuestas fisiológicas involuntarias y sistemáticas que hasta la madre de Manuel podría haber pasado por alto. La llama de sospecha en sus ojos la soplé con una excusa todavía más torpe, aunque sincera: «Igual, es tierno cuando le pasa...». Luego ya dejé de mirarla a los ojos. Escuché su risa.

Mucho más no recuerdo, pero me quedaron dos sensaciones. Una buena, porque sentí que fue un desahogo que ambas necesitábamos. La otra amarga.

Armonía contó demasiado y habló de Manuel con rabia precisamente a su *roomie* (alguien que podía delatarla), y eso la avergonzaba incluso mientras lo traicionaba. Noté que le dolía a pesar de no poder callarse.

La entendí a la perfección. Es muy duro aceptar que

una tiene malas intenciones. Y todavía más difícil es detenerlas.

Para mí la traición fue triple: hablar mal de él, no ser honesta con ella ni conmigo. Aftas me provoqué en el interior de las mejillas para evitar que no se me saliera lo que tenía con Manuel (que, aunque no era mucho, volvía a convertir en qué, ¿un secreto o una mentira?). En especial cuando Armonía aclaró que, pese a sus problemas, ahora estaban en un muy buen momento.

¿Por qué no está aquí contigo, entonces?, quise replicar. ¿Qué entiendes tú por buen momento?, ¿que tu pareja se acueste con su *roommate* y no estar ni enterada?

Me sentí repulsivamente vil y por eso terminé pasando el resto de la madrugada en la cama del absoluto y perfecto desconocido. Lo que buscaba era un castigo, pero al final no fue horrible. De hecho, mientras teníamos sexo pasó una situación chistosa en la que él me pidió que le metiera los dedos por el culo. Yo no podía porque justo me había puesto uñas de gel. Era la primera vez que me las hacía y casi había ganado una fractura en la falange digital. No sé si la rudeza de la manicurista con la lima venía de su inexperiencia o por la rabia de estar esclavizada en ese trabajo porque una mafia le tenía el pasaporte retenido, pero me contó que se llamaba Leyi y que venía de Fujian. Cuando mi galante desconocido buscó un cortaúñas y se ofreció a cortarlas para que le metiera los dedos por el culo, me negué rotundamente. Con lo que nos había costado a Leyi y a mí, ni aunque estuviera enamorada. Igual nos reímos e improvisamos con la gran variedad de juguetes anales que tenía en su mesita de noche.

Esa anécdota hizo que mi inestabilidad mental de las últimas horas de fiesta valiera la pena. Yo vivía por momentos absurdos e intraducibles como ese. Mi corazón me obligaba a pasar varios días sin dormir, con la cara temblando y las articulaciones adormecidas por el alcohol, solo para ver la llama de lo insólito brillar unos segundos: Bar Simpson.

En esa época todavía no me había convertido en una psicópata de tomo y lomo, y el domingo desperté con resaca moral. El absoluto desconocido vivía cerca de la basílica de Santa María, y como el beso de Dios tampoco lo recibía desde los catorce, me pareció buena idea comulgar. La hostia sabía a nada, igual que entonces. Pero me conmovió que, en la parte del saludo de la paz, los fieles no se tocaran por cumplir las normas de distancia física de la pandemia.

Aunque mi memoria a veces tenía la misma legitimidad que una tienda de suvenires, el remordimiento persistió hasta que –rostro penitente mediante– le conté todo a Manuel.

Con una mueca sarcástica, dijo que no tenía de qué preocuparme. No había engañado a nadie: Armonía sabía lo nuestro de antes. Al contrario, era ella la que esperaba que no me enojara por jugar conmigo.

Si hay algo peor que sufrir es darte cuenta de que sufres por muy poco. No solo me sentí una completa estúpida porque, incluso mintiendo, Armonía era más hábil. También los imaginé acostados burlándose de mí. Con la sábana ceñida a sus cuerpos desnudos tipo escultura renacentista, dado que evidentemente acababan de tener un sexo colosal.

Los imaginé así para atormentarme. Y, a la vez, supuso una especie de abrigo: padres conversando sobre su hija problemática. Están hartos de pedir permiso en el trabajo para reunirse otra vez con el inspector. Sin embargo, suenan preocupados. Papá asegura que él va a encargarse.

Mamá refunfuña con coquetería. Escucho sus risas juguetonas desde mi pieza. Puedo dormir tranquila. Papá y mamá no van a separarse por mi mala conducta.

–Bueno –agregué con tono burlón forzado–, ya que está todo claro, armemos una linda familia y que se venga a vivir con nosotros...

Él soltó una carcajada que sonó a limosna. Si la risa es la plata de los pobres, siempre soñaré con hacerme millonaria.

Dijo que se lo había propuesto. No sé si de broma o en serio, pero recuerdo que fue la primera vez que me habló de Laura. Laura y Armonía juntas. Lo que no mencionó fue que ya no podríamos ser una trieja hermosa porque el cupo estaba tomado por ella. Quizás ni Manuel lo imaginaba aún. Tal como tampoco pudo anticipar su viudez. La de él y la de Laura. Mis queridos viudos y víctimas.

Lo que llamó mi atención entonces fue la bisexualidad de Armonía, y no se me ocurrió nada mejor que hacer un chiste tonto, plagiado: «¿O sea, que si pusiera un bar se llamaría Bar Bie?».

Manuel rió, monedas cayendo en el vaso de papel de mi corazón. Bastó para justificar mi felicidad.

La soledad me parecía humillante. Pero igual terminé asqueada de salir con absolutos desconocidos. Mi soledad era un osito de peluche siniestro, miserable y autodestructivo que a duras penas me soportaba al abrazarlo. Pero ahorrando el dinero que gastaba en cervezas de citas, compré un osito de peluche real. Lo bauticé Violeta Dembow Parra, y lo que empecé a hacer entonces creo que fue incluso más desquiciado que todo lo anterior. Ya no tenía citas con nadie, pero a Manuel le daba a entender que sí. En mi mente me inventaba noches con sensibles dueños de granjas de caracoles, DJ cocainómanos que nunca querían irse a acostar, hombres lisos y elegantes como iPhones, insoportablemente adinerados.

Como siempre había mentido para que me quisieran, igual tenía sentido. Solo que ahora, en vez de fingir que no me gustaba nadie más, decía que me gustaban todos.

# LA PRÓXIMA VEZ QUE TE VEA, TE MATO

El invierno de 2022 comenzó implacable. Manuel le contó a Tortuga lo que pasaba entre nosotros. Ella lo gritoneó llorando enfurecida. El temporal siguió con portazos y su decisión de echarnos a la calle como si fuéramos dos perros calientes y sarnosos, que es lo que éramos. En vez de refugiarnos del mal tiempo, salimos a buscar piso juntos. Teníamos pocas semanas, y todavía menos dinero. Los muebles los recogeríamos de la calle. Hacía frío, y no existe tal cosa como el hit del invierno para propiciar el amor. No sé si Cupido abrigaría su desnudez con un gamulán o una North Face más urbana, pero nos acompañó.

No era la primera vez que me quedaba literalmente en la calle de un día para otro. Era la cuarta. Pero, aun así, se sentía terriblemente angustiante. En especial porque, tras cumplir un año en Barcelona, estaba peor que cuando llegué: sin permiso de residencia. Es decir, había pagado doscientos euros por una carta falsa de aceptación a otro máster. De *coaching* o algo así. Al conocido que me dio el dato le funcionó para alargar su visa, pero en mi caso jamás había que olvidar mi ineptitud rellenando formularios, o el rencor de Dios, como variable.

La noche en que Tortuga decidió botarnos, fue la primera que dormí con Manuel sin tener sexo. Permanecimos mudos en su cama, perplejos y vertiginosamente livianos. Miré boca arriba con la necesidad de proyectar lo que sentía en manchas de agua, grietas y pintura blanca descascarada. También buscaba el cobijo de un recuerdo: así eran los cielos de departamentos bajo los que dormí en Chile. El Raval, en cambio, tenía ladrillos rústicos (cuyas imperfecciones comunicaban autenticidad y belleza), cruzados por unos enormes maderos caoba. «Vigas a la vista... Me encantan las vigas a la vista», decía siempre mi mamá, tan complacida de conocer una tendencia en decoración de interiores, incluso una tan popular. Como si fuera su pase, el acceso preferente para admirar casas que nunca podría pagar. «Al menos entiendo bien lo que me pierdo», parecía querer presumir. En las edificaciones antiguas del Raval, un cielo con vigas a la vista no resultaba nada extraordinario ni lujoso, pero igual lo acababa de perder. ¿Cómo iba a explicárselo a Scarlett? En Barcelona era muy fácil cumplir tu sueño, mamá, y ni de eso fui capaz.

El setenta por ciento de nuestros amigos opinó que la reacción de Tortuga fue excesiva y el cien por cien que estaba enamorada de Manuel. Parecía la única explicación posible: el amor te hace perder el juicio. Al estar mi pieza en el mismo manicomio, era la menos indicada para discernir sobre los estragos que podía provocar el aroma de Andrés. Y su suavidad, de carácter y piel. No sería raro que ella también adorara verlo hacer ese gesto de tantear el aire con la mano cuando estaba nervioso, ni que supiera que se trataba del reflejo de buscar su inhalador para el asma. Y quizás la calentaba tanto como a mí que Manuel meara como sentado como una señorita y se la pasara entrando al baño «por error». ¿Se habrá pillado cantando «He's Venus as a boy» y sonriendo sola?

Si Tortuga nos echó por culiar a escondidas, seguro nos denuncia con las escapadas al piso de los vecinos y las cartas de amor que nos dejábamos bajo la almohada. Yo sabía que una carta es algo que escribes cuando estás sola, lejos de casa, o sin dinero. Un objeto que desafía el tiempo y el espacio. Pero entonces leí *Breve ensayo sobre la carta*, de Laía Argüelles. Lo subrayé entero y me conmovió comprender que en la correspondencia epistolar «la distancia se manifiesta en el intento de romperla». La idea sumaba una nueva paradoja a mi relación con Manuel porque, durmiendo a pocos metros, parecía que con nuestras cartas quisiéramos recrear una lejanía. Que lo que en realidad deseábamos no era el encuentro, sino faltarnos de cerca. O quizás, aparte de unos depravados mentirosos, también éramos un par de cursis.

Dos sensibleros tóxicos recogiendo basura para amoblar el hogar que difícilmente conseguiríamos sin nóminas ni contratos de trabajos. Pensé que tenía sentido. Para entretener las caminatas de la pesca nocturna, hablábamos de la muerte.

Me contó que su madre entró en fase terminal el día de su cumpleaños treinta y nueve. Dalia se llamaba, y le dio un cáncer fulminante, no covid. «¿No le gustaba seguir las modas?», comenté tontamente para sacarle una risita. Las fronteras seguían cerradas y el regalo de cumpleaños llegó tres semanas después: cupos para un vuelo humanitario. Pasó las quince horas temiendo llegar a Lima. Pero lo estaba esperando, resistiendo la agonía hasta que su hijo regresara, o eso le gustaba pensar a él. Corrió del aeropuerto al hospital. El día del reencuentro, Dalia conversó mucho. La segunda tarde apenas abrió la boca. Manuel nunca había visto morir a nadie, pero ahí, con su mamá, pensó que se parecía a un parto. Pese a la tristeza, sintió que algo se liberaba y que lo que realmente hicieron, él, su padre y sus hermanas, fue ayudarla a morir. El tercer día se aferró a la mano de su mamá solo para escucharla respirar. Toda su atención en el aire que entraba y salía, y cada vez más débil. Desaparecía, como la huella de vapor en un espejo. Hasta que se detuvo. Esa nada húmeda habló por ella, le dijo adiós.

Yo era consciente de que Manuel estaba viviendo el duelo. Lloraba a menudo.

Otra noche conversamos de «lo nuestro» en abstracto. Nos explicamos por qué preferíamos las relaciones abiertas. Para mí funcionaba como la educación universitaria. Ni mi bisabuela (a quien, literal, habían raptado), ni mi abuela (que se casó a los dieciséis), ni mi mamá (que quedó embarazada por la misma edad en que terminaba el colegio) pudieron estudiar una carrera profesional. A mí me alcanzó para una licenciatura, pero debía funcionar parecido con las relaciones. Yo quería «algo más» que la monogamia que les tocó a ellas. Aprovechar mis capacidades y sacarme el doctorado en educación sentimental. Por supuesto, suena a una perspectiva bien aspiracional del amor. A pretensión de estatus que, dicho sea de paso, esas mismas mujeres apasionadas me inculcaron. En cambio, durante esos días fríos entre contenedores de basura, con Manuel hablaba del amor libre como si fuera la herramienta que iba a transformar el mundo. El mecanismo que desmantelaría el capitalismo, el patriarcado, el racismo, el odio fundacional de Occidente. Afirmé con la cabeza, ilusionada. Quería todas esas cosas para la humanidad. De verdad, hice el esfuerzo. Leí libros, escuché podcasts, seguí a especialistas, youtubers e influencers.

Con todo, a veces me preocupaba que tanta teoría nos quitara el aura (algo que así expuesto suena medio ridículo, porque también estaba pensando en «aura» según el término benjaminiano). Se sentía como si con Manuel estuviéramos editando un libro antes de siquiera escribirlo. O como lo que ocurre con la cultura del café. Gente instruida en el café, que se la pasa hablando de cómo prepararlo y servirlo del modo más refinado posible. Tantas variedades como países para elegir, tantos tuestes y categorías de acidez, cuando lo único que quería era tomarme el café. Aunque me despellejara la lengua, pero beberlo ya. Después de pregonar sobre el fin de la monogamia, igual terminé pensando que nuestro amor era más grande que el capitalismo. Seguí con ganas de suplicar, o arrastrarme desnuda para pedir, por favor y con todo el respeto, que, si la monogamia es un secuestro, entonces que me amordace y me lo meta. «¿A veces no sientes que es tan rico que te dan ganas de decir te amo?», le pregunté mientras culiábamos. Otra noche solté: «¿Quieres pololear conmigo?». Como el pololeo solo tenía efectos legales en Chile, se entendía que era un chiste. Igual que los «te amo» que no dejé de repetir. Así descubrí mi fetiche más perverso en la cama: declararle mi amor. Manuel me siguió el juego. «Lo que tú quieras, cuando tú quieras», repetía acariciando mis pezones con la palma abierta. «Confía en mí», pedía mientras yo estaba en cuatro y él me daba duro por atrás. «Mira qué bonita es la confianza. ¿No ves que es linda?»

Pensé que eso era lo más satisfactorio; creer que traspasamos los límites del lenguaje más allá de lo posible, que inventábamos un código nuevo y obsceno a base de «me gustas mucho». Sabía que eran las mismas palabras acarameladas que todas las parejas se dicen, pero al estar culiando con Manuel, tomaban un cariz original y arriesgado.

El juego de mentiras solo ocurría durante el sexo. El santo y seña para volver a la realidad, y ser los dos descreídos del amor romántico de siempre, sucedía cuando Manuel me tomaba del cuello. Mirándome fijo, y haciendo presión para asfixiarme, amenazaba: «La próxima vez que te vea, te mato».

A mí se me ponía la piel de gallina. Me quedaba calientemente intimidada, con mi chichi humedecido igual que al principio. Una piscinita lista para cuando mi adorado nadador quisiera zambullirse. *El eterno resplandor de un chichi sin recuerdos*, si tuviera que resumirlo con el nombre de una película.

Al acercarnos al orgasmo, Manuel decía «Me vengo», y yo, «Me voy». Los dos siempre por caminos opuestos. Creí que eso resumía nuestra relación y que ocupamos el amor libre para evitar la cronología lineal e irreversible de la monogamia: tedio, engaños o ambos. Mis motivos se contradecían y lo confundían todo, pero me gustaba pensar que con nuestra noción atemporal –caótica– habíamos encontrado la fórmula secreta contra la obsolescencia programada. Y que el sexo que teníamos sería capaz de vencer cualquier paradoja.

Recorrimos Ganduxer, Pedralbes, Sarrià-Sant Gervasi. Creímos que nada más pisar un barrio cuico tropezaríamos con sillas mid-century o mesitas auxiliares italianas con patas de gárgola. Manuel decía «pijo», como los españoles. Y resultó que los pijos de acá son iguales a los cuicos de Chile: tacaños. Comprendida tamaña verdad cómica, empezamos a caminar por Gràcia y L'Eixample. Una noche en que el botín fue valioso y singular (dos estantes, un escurridor de platos, una bola de espejos y una cómoda pequeñísima que no parecía útil para nadie que midiera más de ochenta centímetros, pero que nos dio ternura y apodamos de «pitufi-cómoda»), volvimos al tema de la muerte. Esta vez, en su variante autoinfligida.

–Supe qué era el suicidio a los cinco años, onda incluso antes de cachar que el viejito pascuero no traía los regalos de Navidad. Por la conductora de *Nubeluz*, ese programa infantil, ¿lo viste de chico?

–¡Mónica Santa María, claro!

–Un compañero del kínder nos contó: que la conductora se había matado con una pistola. En la boca. Yo quedé muy impresionada, tipo «pero si es la mujer más hermosa del planeta, ¿por qué se iba a matar?», y luego «¿La gente se mata a propósito?». Cuando mi mamá llegó del trabajo, seguía en *mood* niña atribulada y ella me explicó sobre el suicidio, enfatizando que solo era otra de las cosas que los humanos hacían. No sé bien cómo explicarlo, pero recuerdo que me molestó. Porque la profesora nos dijo que la chica de *Nubeluz* se había matado por accidente. Estaba limpiando el arma, toda inocencia, y de pronto se le había disparado. Entonces, como que me dio rabia que mi mamá me contara la verdad, que no me mintiera para protegerme, para hacerme creer que la vida podía ser un poco menos espantosa y que yo pudiera dormir sin pesadillas...

–Yo lo escuché desde mi cuarto.

–¿Qué cosa?

–Mónica Santa María vivía en el mismo edificio que mi familia. El mismo piso siete. Fueron dos disparos. El primero me despertó a la una de la mañana y el segundo, con el que se mató, a las tres.

–*What?!* ¿Eras vecino de la conductora de *Nubeluz*? –exclamé con la sorpresa y horror de los cinco años–. ¿O sea que eres cuico?

Compramos dos latas de cervezas en la rambla del Raval y las bebimos junto a la escultura gigantesca del gato de bronce. En mi decodificación mental siempre se transformaba en el gato sonriente de Alicia, y en el país de las imperfecciones también haría desaparecer mi cuerpo, dejando solo la cabeza a flote en el aire para salvarme de la decapitación. Desde las callejuelas, gritos locos y silencios todavía más locos. Si había un sonido permanente era el de las rueditas de maletas deslizándose. «Que hasta el inframundo se halla gentrificado», pensé, sintiéndome muy lista. Pero cuando Barcelona volviera a ser la ciudad en que Vengaboys había grabado su videoclip «We Like to Party», sentiría culpa al oír las ruedas de mi propia maleta. Remordimiento por la huella de carbono y no aprender *català*. Temor a ser confundida con una turista.

A la distancia, distinguí un rostro familiar y le levanté la mano. Manuel me preguntó a quién saludaba. Le dije que a Il Bello.

–¿Dónde? –Se lo indiqué, y entonces él también lo saludó–. ¿Sigues en contacto con él?

–Mmm, reacciones en Instagram más que nada...

No sé cómo terminé contándole lo de mis padres. Supongo que la historia encajaba bien entre nuestros temas predilectos: muerte y amor.

–Yo a los nueve años estaba obsesionada con el trabajo de oficinista. Quería ser secretaria y me pasaba toda la tarde mecanografiando en la máquina sin tinta de mi papá. Atender las llamadas de teléfono era más entretenido que ver tele. Me sentía toda importante, onda secretaria de gerencia. En fin, que un día contesté y, del otro lado, una voz femenina me informó que se llamaba Claudia y que era la amante de Andrés, mi papá. Sonaba bastante desesperada, y ni me dio tiempo de procesar la info cuando agregó que mi papá quería dejar a mi mamá, pero no se atrevía porque mi mamá tenía cáncer y a él le daba lástima.

–*What?!* –exclamó Manuel esta vez.

–Así tal cual. Como en las telenovelas... Yo ya había

visto bastantes. De hecho, era fanática del género, así que entendía bien todo el melodrama de traiciones e imposibles que Claudia quería transmitir...

–¿Y qué pasó?

–Me hice caca. Creo que Claudia siguió hablando, pero yo solo estaba desconcertada por haberme cagado encima. Ni siquiera me meaba en la cama, si ya era grande... ¡La secretaria de gerencia! Igual es chistoso, porque en Chile le decimos así a la infidelidad: «cagarse a alguien». Claro que en este caso no fue que mi papá me cagó a mí, sino que yo me cagué sola. Lo triste fue cuando mi mamá volvió del trabajo. Además de enterarse de que su esposo tenía una amante, tuvo que lavarme la ropa.

–No me habías contado que Scarlett tuvo cáncer –dijo Manuel. Su tono era una mezcla de gravedad y regocijo infantil, tipo chócala, «¡la mía también!».

–Era mentira. Mi mamá no tenía nada. O al menos por entonces. Pero luego sí que se enfermó. Y ahí mi papá se fue de la casa. Lo cual es curioso, porque resultó justo al revés de la tragedia que se había inventado Claudia. Siempre pienso que hasta a ella debió sorprenderle la reacción desalmada de su amante, o quizás saltó en una pata... Pero por eso no me gustan los celos. Te carcomen por dentro, como el cáncer.

Me sentí pésimo por exhibir las penurias de mi madre. Pero más vergüenza me dio las conclusiones que podían sacarse de la historia. Con estupor, me pregunté: ¿y si solo me hago la poliamorosa porque es mi forma de quitarle jurisdicción a la infidelidad? Es decir, nadie puede abandonarte si la puerta está abierta y el paso es libre.

No compartí mis dudas con Manuel. Habría sido como admitir que tenía lepra o que había cometido un crimen horrible, uno que podría alejarlo. Mi mente funcionaba así: si él sabía que yo temía su abandono, entonces lo primero que haría sería replantearse la idea de vivir juntos, tomar la silla de paja decrépita, su pitufi-cómoda y correr lejos. ¡Y yo necesitaba la pitufi-cómoda! Ninguna viga a la vista me haría así de feliz.

—Se tuvo que mejorar, nomás —agregué.

—¿Quién?

—Mi mamá. De su cáncer. Es que me conoce bien. Yo no podría actuar como tú. Sería igual que cuando me cagué encima. Si llego a enterarme de que la Scarlett se va a morir, voy y me mato. Entonces, mi mamá estaría como «Pero, Javi, si la que tenía que morirse era yo, no tú. Ahora voy a sufrir el doble...». Y ya convertida en fantasma le respondería: «Mire, señora, aquí la artista soy yo. Por lo demás, es la mejor forma de acompañarla cuando se muera en unos meses. Así que hasta debería agradecerme el sacrificio».

Observé a Manuel reír. Una película de sudor y mugre cubría su expresión cansada, igual que la mía. Cada uno con su carretilla prestada, pensé que debíamos vernos curiosos. ¿Estamos juntos revolviendo en la basura porque nos queremos o solo somos dos sudacas sobrellevando las dificultades juntos porque así es más fácil? ¿El amor es un refugio? Esa duda me entristecía y aliviaba al mismo tiempo. Sobre todo, me enamoró.

Por las mañanas buscábamos piso en internet. Debía tener tres habitaciones para poder costearlo y seguir siendo *roommates*. Una para Manuel, otra para mí y la tercera para él o la compi que quisiera sumarse. Una vez en que volví particularmente ansiosa y derrotista, Manuel puso «Levitating» de Dua Lipa y comenzó a bailar la coreografía haciendo *lip sync*. Su sonrisa nadó hasta mis labios y se quedó ahí, haciendo reanimaciones hasta que la mía consiguió flotar. ¿Estoy delirando o Manuel se parece a Dua

Lipa? La Spice Girl favorita de Manuel era Sporty Spice. Llamaba a su padre cuatro veces por semana. Meaba como una señorita y al comer ensalada, para cuidar la figura, hasta dejaba a un lado la yema del huevo duro. Su personalidad me tenía encantada. Me hacía olvidar que se trataba de un hombre. Un traicionero.

—«Los pobres son pobres porque quieren», decimos en Chile —comenté una de las últimas noches de búsqueda.

—Igual en Perú.

—Es que acabo de darme cuenta de que es cierto. Los únicos que de verdad saben querer son los pobres. Son pobres porque quieren.

Supongo que mi ansiedad necesitaba idealizar situaciones adversas, la sensación de desprotección: la libertad se parece a la pobreza y solo puedes encontrar el amor real cuando no tienes nada más que perder que a ti misma. Además, el mundo estaba tan sobrepoblado de cosas fabricadas e idénticas tiradas a la basura que no tener plata para comprar pasaba por una falta virtuosa, de valor único. Sé que intentaba romantizar la idea de ser pobre, pero es que yo estaba pensando en romance.

# LA NIÑA QUE ENLOQUECIÓ DE AMOR

–Vínculo secundario... ¿A quién le hace ilusión ser el vínculo secundario, joder? –Rió Armonía–. O sea, ¿en serio?
–Yo creo que igual hay segundos bacanes –comenté–. Como los accesorios en un *look*. No te digo una corbata anodina, pero una joya. Te sacan solo para las ocasiones importantes y duras años. Hasta te heredan...
–Rollo los colores complementarios. El verde es mi favorito de todos.
–O esos personajes secundarios de las series que enamoran más porque aparecen menos... No hay papeles malos sino malos actores.
Manuel bailaba a unos metros. Me había unido a su grupo en un momento entusiasta de la noche. Ahora el *after* estaba en las últimas y Armonía y yo –sentadas y fingiendo que estar juntas en el mismo sitio no nos importaba– éramos, evidentemente, la trama secundaria de la noche.
Al final conseguimos alquilar un piso en el Poble Sec, milagrosamente. Mitad gracias a los rezos a la madre de Manuel (que en vida fue corredora de propiedades), mitad porque falseamos la documentación para la inmobiliaria. Como tercera *roomie* se nos unió Lorenza: centennial uruguaya, antidrogas y alcohol, pero adicta al hard techno,

que me enseñó a limpiar ollas quemadas hirviendo vinagre. Nos mudamos a pulso, con ayuda de amigos. La primera noche en mi cuarto tuve un ataque de pánico. Dos días después, Manuel viajó a Perú. Putin invadió Ucrania y conceptos como «tropas rusas», «bombardeos» y «Norte» tomaron un cariz absolutamente nuevo para mí. Manuel llamó para contarme que tenía sarna. Armonía replicó los síntomas, y así nos enteramos de que había una epidemia de escabiosis en Cataluña y de que los condones no prevenían de los ácaros. También me contagié de covid por primera vez en dos años de estado de alarma. Justo cuando volvían los turistas en masa a la ciudad. Entonces, estalló la moda de beber cócteles. Cuantos más bares de cócteles a la redonda, más turistas. Se hablaba mucho del tardocapitalismo y la racista predilección de los españoles por refugiar a ucranianos. Una noche entendí ambas cosas cuando me ofrecieron asilo para «ligar». «Wow —le dije—, los hombres idiotas van más rápido que internet.» Otra noche, probé mi primer *moscow mule*. El 18 de marzo el periodista español Carlos Herrera ninguneó al presidente chileno recién electo. «Merluzo», lo llamó. Arcaísmo popularizado por el cómic de *Mortadelo y Filemón* para criticar disimuladamente a dictadores como Franco, aunque utilizado esta vez en defensa del rey Felipe por su retraso a la ceremonia de cambio de mando, en Valparaíso. Qué rabia que los promonarquía ridiculicen a nuestras figuras republicanas, alcancé a sentir. Pero me olvidé de todo la mañana siguiente, cuando regresó Manuel. Creí que reincidiríamos en nuestro bucle de paradojas. Ansiedad como de Año Nuevo. Sin embargo, también ese otro *todo* estaba por cambiar.

–¿Quién quiere ser el vínculo principal de un desempleado? –Me ayudaba hacerme la chora criticando a Manuel cuando me sentía desesperadamente celosa–. O peor, de un borracho. Tan callado y alcohólico... Me recuerda a mi abuelo. Yo que quería romper con la maldición de las mujeres de mi familia, ¿y qué consigo?

–Suerte que es infértil... –agregó Armonía.

–Sííí... –reí esperando no sonar exagerada. Con mi cara no había qué hacer, se me nota mucho cuando miento.

–No tenías idea, ¿verdad? –Sus cejas curvas y alegres, como dos arcoíris de colores primarios, secundarios y toda la gama visible.

–En realidad, voy a cumplir treinta y dos y todavía no sé si cuando me baño antes de dormir tengo que ponerme desodorante o no. –Ella puso una mano sobre mi hombro–. ¿Tú te pones desodorante o te das libre por las noches?

–Que es broma, tía, Manuel no es infértil, te estaba vacilando.

La miré con la boca abierta. Tan expuesta como si le ofreciera mi sobaco sin desodorante para que lo oliera. Una axila con dientes y el bozo transpirando, así fue mi reacción.

–Oye, y tú, ¿quieres tener hijos? –lanzó como si nada. La miré con cara de «¿Futuro? ¿Cuál futuro?», es decir, mi semblante de borracha usual.

–Yo voy a congelar óvulos –anunció ella.

–¿O sea, que esto de la relación abierta no lo usas como excusa para no ser una esposa ni hacer familia?

–¿Qué?

–El problema es que soy infértil económicamente... Además, la única relación materna que quiero tener en la vida es con mi madre. –Me acerqué a Armonía y, a voz baja, revelé–: Es que mi mamá está obsesionada conmigo, te juro. Todo el rato me anda dedicando canciones de amor de Morrissey, tipo «The More You Ignore Me, The Closer I Get»... –Volví a la postura y tono distanciado–. ¿Cómo voy a tener un niño? Si lo que quiero es ser un niño.

69

Envalentonada por el alcohol, no me pareció raro explicarle a Armonía que me refería a uno de los clásicos de la literatura chilena: *El niño que enloqueció de amor*. Lo leía en pequeñas dosis antes de dormir porque trataba de un amor imposible que, cómo no, terminaba en muerte. Aunque ganas por compartirle los primeros párrafos desde el celular no me faltaron, solo le dije que el didáctico narrador de la novela partía distinguiendo entre dos clases de pajaritos: los fuertes y equilibrados; y los inquietos y frágiles. Las avecillas, claro, funcionaban como una metáfora a dos tipos de amantes, y ya que nuestro contexto también era el de la madrugada, le pregunté de qué especie se consideraba ella. ¿Le conmovía, igual que a mí, que las románticas del segundo grupo, al ser despertadas por un rayo de luna entre el follaje, se ilusionaran creyendo que había amanecido? ¿Comprendía la confusión que las impulsaba a cantar y salir a la noche? ¿O su tragedia de perderse volando en las tinieblas para terminar con el pecho dramáticamente ensangrentado por espinas de rosas? ¿Había pasado ella de leer libros sobre formas alternativas de amor —todos escritos por mujeres— a novelas de señores modernistas y publicadas hace más de un siglo? ¿Sentía, como yo, que amaba como aman las aves? Los pájaros suelen seducir a personas vanidosas y asustadizas. Es difícil imaginar un ave que no sea dueña de su destino.

El asunto podía resumirse así: quería tomar el control de mi narrativa. Sentir como un pájaro de canto melodioso y apasionado. Pero solo encontraba palomas muertas. Planas como monedas en el asfalto o decapitadas por gaviotas. Cuando subí a Montjuïc para disfrutar de algún pájaro noble, higiénico —o al menos vivo—, se me apareció la paloma zombi. Me miró desde el último peldaño de la escalera, con su cuello escalofriantemente torcido hacia abajo. Alas temblorosas y ojos catatónicos, delgadísima. No era grato de ver, pero me quedé ahí pensando en cómo transportarla a un veterinario, y en si la paloma estaría dispuesta a recibir mi ayuda. Persecución a la que no accedió por volar en los círculos más bajos y manieristas que vi en la vida. Al poco divisé varias palomas con síntomas similares y unos cuantos cadáveres repartidos. El encargado que llegó a barrerlos dijo que se trataba del «virus de Newcastle» e inmediatamente aseguró que no se transmitía a humanos. La aclaración no evitó que pasara una noche de pensamientos abrumadores. Ni que me obsesionara con las palomas. Aunque seguían provocándome rechazo –esencialmente asco–, también sentía lástima por el injusto desprestigio con el que cargan. Sobre todo, después de leer que la prensa española había cambiado su estatus de «ratas con alas» a «vecinas sin papeles». ¿Cabía la posibilidad de que mi ave espiritual no fuera el poético ruiseñor, sino una paloma ordinaria? Aparte de no contar con visa de residencia, en el último tiempo me sentía igual de desaliñada. «Tengo mucha pena y quisiera tener más», anhelaba el niño que enloqueció de amor, ¿pensarían las palomas como él? Mi pasión se iba volviendo triste, y tal vez las palomas querían decirme algo con su adaptabilidad urbana, su carácter cada vez más impasible a la presencia humana. Su interacción al alimentarse de restos y porquería era repugnante, pero bueno, simbiótica al fin y al cabo. Tal vez las palomas intentaban enseñarme cómo dejar de ser una mujer sentimental.

–Cuando encontré a la siguiente paloma decapitada –le dije a Armonía para finalizar–. La acuné entre mis brazos y, tras los correspondientes rituales fúnebres, le di sepultura en el contenedor de basura genérica. La telefonista del reciclaje dijo que eran muy tóxicas para tirarlas al de orgánicos...

–Vaya... –comentó ella–. Pues de pájaros o palomas no sé mucho. Pero, sobre críos, creo que la gente los tiene porque te hacen sentir un poco como un niño otra vez.

Me dieron ganas de acariciar su mano y decir gracias. Al mismo tiempo, me pregunté qué hacía con ella, ahí aisladas las dos del resto. ¿Buscaba alejarla de Manuel o de verdad disfrutaba de su compañía? Acomodé mis nalgas. Suspiré y me rendí a preguntar: ¿cuál de las dos crees que es el vínculo principal y cuál el secundario?

Armonía entrecerró los ojos a la defensiva. Luego parpadeó y abrió su semblante tiernamente, como si me compadeciera. Todos estos cambios, en apenas unos segundos, me recordaron al aleteo de una mariposa. Supongo que por la idea popular de que su vuelo desencadena pequeñas variaciones en el universo. Al final se puso seria al modo de una coqueta institutriz y dijo que ella rechazaba las jerarquías.

–Es que estoy pensando que lo confundo todo –insistí–. Como seguimos viviendo juntos, creí que yo iba a ser su azul de Prusia...

–Que sepas que cuando Tortuga los echó, Manuel y yo nos planteamos vivir juntos... –Y enseguida se frenó, posiblemente asustada con mi expresión facial–. Lo siento.

–¿Te lo propuso antes o después que a mí?

–No sé, Javiera. Para mí no hace la diferencia.

–Para mí sí. Por favor. Si soy bisutería de un euro, igual bien. Me quedo tranquila, pero necesito saber.

No lo dijo con palabras, sino con un lenguaje irremediable: su mirada. Otra vez parpadeante y en huida que seguí hasta que se posó en Manuel. Manuel bailaba con Laura. Prácticamente dentro de un halo de dopamina, endorfinas y sarna. Sentí pánico. Parecían incontrolables, como un mal sueño del que no logras despertar.

Armonía buscó en su bolso y me pasó un pañuelo de papel con disimulo. Eché la cabeza hacia atrás y lo usé para aspirar mis lagrimales como un gotero.

–Solo es una reacción fisiológica –expliqué–. Cuando quiero llorar de verdad, no me sale.

–Conocí a Laura hace unos meses y luego, no sé, nos llevamos bien los tres. Es algo reciente...

Pensé que la respuesta de Armonía iba a manchar mi cuello de verde-púrpura, iridiscente como el de una paloma. Violeta Parra, pero en ese matiz del tono maldito. En cambio, me sentí ligera. No exactamente blanca o vacía, sino como transparente.

–Es preciosa –dije mirando a Laura–. Seguro que de chica la ponían a hacer de angelito en el pesebre... ¿Por qué no estás con ellos?

–No puedo bailar si no estoy drogada.

–Me pasa lo mismo para dormir. En fin, que ya tenía pesadillas con que Manuel me dejara de antes. No es que ahora vaya a cambiar tanto...

–Lo lógico sería que hables con él, mira, aunque no me gustan las jerarquías, para mí también está claro que ahora las hay. Manuel vive contigo, me lo recuerda todo el rato.

–Lo lógico, ese es el problema.

–¿Estás bien?

Comprobé las pulsaciones en mi pecho.

–Si golpea tan fuerte, debe ser que estoy viva.

En pocos días volé a una feria del libro en México, y al regresar, Armonía estaba muerta. Al ser mi último intercambio con ella, es probable que mi memoria haya editado el contraste y la intensidad, pero en el *after* la recuerdo con un neón a su espalda: Armonía fosforeciendo en rojo chino. Color primario no, imperial.

Bebí dos chupitos más, como un guiri. Activé Tinder y salí a la calle. Estoy casi segura de que buscaba hacerme daño, encontrar a algún hombre de barba tupida y sonrisa sádica. Ninguno respondió.

Afuera olía a mar. De la noche solo quedaban restos y la jaula estaba junto al contenedor de basura. Como esperándome. Una jaula para canarios que tomé igual que una maleta de las antiguas. Necesitaba abandonarme a mí misma, pero terminamos caminando juntas.

–Si tú fueras un pájaro –dijo ella con tono pendenciero–, nunca perderías la vida volando, porque serías una gallina. Daría igual cuánto aletearas, apenas lograrías despegarte del suelo.

–Si yo fuera un pájaro –contesté–, sería como uno de esos polluelos que regalaban junto al pollo asado en los supermercados de los noventa.

–Eres una gallina criada por lobos –confirmó ella–. Por eso te crees superior al resto. Pero al ver la luna nunca sabes si aullarle o cacarear.

Mis pies eran dos botes de pintura pesados, y fui arrastrándolos hasta la playa de Bogatell. Cuando me acerqué a la orilla, el sol superaba la línea del horizonte y tenía un aspecto primitivo, porque, bueno, eso era el sol, una fuerza primitiva. Dejé la jaula firme en la arena y abrí la pequeña reja. Primero solo introduje la mano. Al sentir que se estaba a gusto, metí un brazo. Luego la cabeza y las piernas. Salté al columpio y ahí me quedé, oscilando. No sé cuántas horas, ni qué pasó por mi cabeza.

De pronto mis extremidades comenzaron a crecer hasta que ya no cabían en el interior y tuve que hacer cinco orificios. Por abajo saqué las piernas. Por arriba, cuello y brazos. Para cuando dejé de crecer, tenía la estatura de siempre y la jaula se aferraba a mi pecho como una armadura de metal. No me sentía mejor, pero supe que lo estaría. Entonces, me sacudí la arena y caminé al metro.

Me gustaba confundir fantasía con realidad para obtener catarsis poéticas y sublimar la pena. Para evitar, precisamente, la locura.

# WILL SMITH O EL APOCALIPSIS

Antes de saber que Armonía había muerto, me pasé todo el vuelo de Ciudad de México a Barcelona fantaseando con la muerte. Eso de ir flotando por el aire siempre me pone existencial, pero la sensación de amenaza me perseguía desde antes. A menudo me preguntaba cómo llegué aquí. No me refería al último departamento, Barcelona o mi participación en las relaciones monógamas. «Aquí» significaba «yo». «Yo» significaba «ahora». La idea de quién era antes, en el pasado, de pronto, había dejado de pertenecerme. Como si el banco de la credibilidad quisiera embargarme y al no tener con qué pagar, me hubiera puesto en la cárcel de un *hoy* perpetuo. Ninguna de las decisiones que habían hecho de mi vida lo que era resultaba familiar. Mi presente se parecía tan poco a mí.

Solo recordaba que de niña amaba esconderme entre la ropa del clóset durante horas. Cuando mi papá me proponía: «¿Vamos a mirar las estrellas para ver si aparece un ovni?». Negaba con la cabeza. Salir a buscar extraterrestres en el cielo oscuro me daba terror. Prefería ocultarme en la oscuridad. En la adolescencia también encontré escondites. Uno de mis preferidos era la bodega de los materiales deportivos para educación física. No daba aviso y nadie fue nunca por mí, que era justo lo que me gustaba. Si empecé a escribir fue porque se parecía a esa sensación. Yo me escondo, aunque nadie me está buscando. Claro que ya no me escondo. Ni escribo. Ahora imparto talleres online de escritura creativa. Dedico la primera clase a todos esos elementos pertinentes. Personaje. Acción. Punto de vista. Estructura narrativa. Tema. Pero siempre hay algún tallerista que pregunta por cuestiones prácticas. Prácticas en el sentido de entender cómo se las arregla con el dinero una escritora, ya sea por morbo o genuina admiración. Generalmente lo preguntan como se preguntaría por un secreto. Así que intento ser franca: «Si hablas en términos monetarios, las palabras son valiosas e igual de abstractas. O sea que en principio deberías nacer con corazón de poeta, pero lo del talento es opcional. Si hay algún misterio, está en el inexplicable motivo de por qué sigues tan terca. No ganas ningún sueldo y el verdadero arte reside en hacer trucos con esa desolación. Lo bueno es que quejarse es parte fundamental del oficio». Enseguida prosigo con las cuestiones técnicas. Utilizo como ejemplos novelas y relatos que amo. Pero a veces lo que una ama no resulta tan didáctico para otros, y alguien termina preguntando cómo lo hago yo. Ya que alguna vez tuve sus mismas dudas, me esfuerzo por transmitir mi experiencia lo mejor posible:

Yo más que punto de vista, tengo miedo de no llegar a fin de mes.

Yo más que saber de tiempos verbales, maldigo mi educación.

Yo más que encontrar temas, estoy enfadada.

Yo más que estructura narrativa, tengo problemas para pagar el alquiler del lugar en que vivo.

Yo más que desarrollo de personaje, tengo los mismos complejos físicos que tuvo y tiene mi mamá con su cuerpo.

Yo más que estilo, tengo envidia.

Yo más que argumento, necesito un trabajo estable y bien remunerado.

Yo más que crear intriga, estoy desesperada.

Yo más que lenguaje, tengo miedo.

A continuación, les cuento la historia de una niña a la que le gustaba esconderse. Lo que busco es que nos preguntemos por qué lo hacía. Aventurar una interpretación. ¿Quería estar a solas con su mente? ¿Necesitaba un poco más de oscuridad? ¿Un modo de vida seguro o perderse? Cuando una persona se oculta, tanteo, es porque quiere protegerse. Tal vez, ella veía en el escondite un escudo, confiaba en que así podría estar a salvo.

La niña mantenía una esperanza oculta. Esa es mi opinión, y luego les pregunto: «¿Saben quiénes son los que se esconden? Los cobardes. Si quieren convertirse en escritoras, van a tener que mostrar todas las esperanzas que mantienen ocultas. La literatura es una llama, afirmo, y sea lo que sea que te impulse a escribir, debe estremecerte».

Las sesiones de lectura crítica son intensas y al terminar un taller siempre me siento abatida. No sé si es porque tengo demasiados problemas personales, o que solo me gustan las cosas bonitas que no puedo comprar. Escribir se transformó en un encendedor plástico de gas butano. Siempre que lo necesito digo: «¿dónde fue que dejé el fuego?».

Claro que si me puse a fantasear con la muerte en el avión fue porque una pasajera tuvo un ataque real.

La señora estaba un par de asientos delante. Hubo bastante movimiento por la zona, hasta que el azafato preguntó si había algún médico a bordo. Me sentí plena por vivir ese momento de película, pero la fantasía duró poco y la realidad se impuso: ningún pasajero gritó «yo» con tono heroico.

La tripulación siguió tensa. Cargaban sus pasos y transmitían con sus miradas esa pesadez. Sensación que resultaba especialmente inquietante a varios miles de metros del suelo y el riesgo factible de caer al vacío. El azafato se puso a gestionar por radio. Parecía cada vez más nervioso y temí que anunciara un aterrizaje de emergencia.

La posibilidad me irritó. Venía exhausta desde hace días y frustrada por la irrelevancia de mi participación en el festival literario. Desolada ante el reciente cambio en mi solicitud online de residencia a «denegado» y temiendo que la policía española rechazara el documento de autorización de regreso que traía conmigo y me mandara a la mierda. Eso y ansiedad por ver a Manuel. Así que lo último que necesitaba era sumar horas de espera. Me molesté con la pasajera, como si hubiera decidido tener un ataque solo para fastidiarme. Entonces me di cuenta de que no convenía esparcir mis malas vibras. Porque si la señora empeoraba (y yo creía que podía hacerla empeorar con mis pensamientos: en el pasado había ocurrido, dos veces, de hecho), estaríamos obligados al aterrizaje de emergencia. Por mis propias razones egoístas, hice el esfuerzo de superar el enojo. Y con bastante asombro entendí que el bienestar personal suele coincidir con el general. «Vamos todos flotando en el aire con una emergencia a bordo», o alguna frase de esas.

Mientras pensaba todo eso, la señora seguía mal. Le llevaron el kit de primeros auxilios, un tanque de oxígeno. Ninguno de los artefactos profesionales funcionó, el rumor a preocupación fue en aumento. Pensé que irían por el desfibrilador, pero el aeromozo apareció con un remedio ancestral: una botella de Coca-Cola. ¿En serio? El asunto es que, tras tomarse un litro y medio del sabor de fantasía, la mujer se puso bien y la tripulación se calmó.

A mí no me resultó tan fácil. Con naturalidad pensé: «La señora no murió, pero puede que la muerte todavía ande cerca». Unos minutos después comenzaron las turbulencias. Fue un alivio oír que el miedo venía de un lugar exterior a mi mente: al tercer descenso brusco, la chica de la ventana tomó la mano al pasajero del medio y dijo: «Parezco tranquila pero puede que esté teniendo un ataque de pánico». Él respondió molesto: «¡Ruego, por favor, templanza!». Por mi parte confirmé el cambio de foco. En vez de una señora muerta, moriríamos todos. No grité ni opuse ningún tipo de resistencia, lamentación o promesa al dios de las circunstancias. Me entregué a la muerte. Quiero decir, controlar el avión estaba evidentemente fuera de mis capacidades. Huir como resguardo tampoco se podía. Quizás la destrucción se hace más fácil asumir en colectivo, o preferí una certeza trágica a la incertidumbre. Lo que empezó a angustiarme entonces fue que el pasajero que estaba en diagonal tenía puesta una película apocalíptica protagonizada por Will Smith. No es que yo deseara morir. Pero si iba a morir, no quería que mi última visión fuera la cara de Will Smith en una de sus tantas películas sobre el fin del mundo.

Cerré los ojos para limpiar mi percepción visual, realicé los siempre inútiles ejercicios de respiración. Will Smith me zamarreó por los hombros repitiendo «Todos vamos a morir» en inglés y doblado al español. Las turbulencias no aflojaban y los pensamientos se me aceleraron, se fueron en picada. Gracias a eso se me ocurrió escuchar el último audio de WhatsApp de Manuel. Pedía que comprara papel higiénico. Muy romántico no era, pero que lo llamara «confort» como en Chile me enterneció. Su voz trajo su aroma, su cuerpo ausente. El rostro de Will Smith se diluyó para dar paso al de Manuel. Entonces saqué mi lápiz, mi libreta y, completamente delirante, comencé una carta de despedida. ¿Qué otra cosa iba a hacer? Permiso para ir al baño a masturbarme no me iban a dar, pero podía describirlo por escrito con una tristeza y desproporción justificada. Por mucho que el aeromozo asegurara que estaba a salvo, no le hubiera creído. Sentí que pesaba menos que el aire.

# FRÁGIL

Regreso. En el piso no hay nadie y me acerco a la ventana como queriendo comprobar mi existencia en un espejo. Hace unas horas estaba ahí arriba creyendo que iba a morir y ahora estoy aquí abajo asimilando la muerte de Armonía. Un relámpago hiere el cielo gris. En estas circunstancias, cualquier detalle adoptaría un peso simbólico, pero ¿era necesario que las nubes se pusieran tan serias y terribles? Los rayos parecen armas blancas. Pero yo no maté a Armonía. Incluso si me atraparan sonriendo a oscuras de cara a una tormenta, nadie sospecharía de mí.

La electricidad estática me acompaña al cuarto de Manuel. Me acuesto en su cama abriendo los brazos y piernas a todo lo ancho. «Una cama doble y un amante incondicional. Esas son las riquezas de los pobres», recuerdo de una canción que solía ser mi preferida. A los veinte años, era la clase de amor en la que creía: un amor de clase. Capaz de mantenerme a salvo de cualquier miseria.

Debería salir de la habitación de Manuel, tomar una ducha, correr hacia él para entregarle mi corazón agitado, vivo. En cambio, voy a mi pieza y me quedo tirada en el suelo. Vigilando mi maleta de mano.

«Frágil», leo en la maleta. El *sticker* de la aerolínea está ahí pegado desde que me fui de Chile. Del *check in*, recuerdo una pesadilla de sobrepeso y reorganización improvisada en bolsas de tela, pero ¿le dije una frase como esa a la azafata?: «Llevo cosas delicadas dentro». No quise despegar la etiqueta. Frágil. Me hacía gracia. Como si fuera un chiste interno entre el equipaje y yo. ¿Cuál era? ¿Asumir irónicamente mi fragilidad o recordarme que no sé tratar mis propias pertenencias con cuidado?

Mi mamá me reprendió por la maleta. Era nuestra primera videollamada, no desde que llegué a Barcelona sino de la vida, y ella aprovechó la oportunidad de reñirme como reñiría a su marido. Ese del que intuye que va a abandonarla, papel que, como mi padre, también cumplí. Mi mamá me advirtió que no tuviera las maletas ahí, a la vista. Que las escondiera. Si no, siempre iba a sentir que estaba de paso y nunca me establecería en la ciudad. O quizás usó su tono maternal, acaso más duro que el de esposa, pero incansable. Con una pizca de malicia, ¿o rencor? La necesaria para entrenar a cualquier alumna de gimnasia.

Entendí el mensaje: esconde tu vulnerabilidad. Una traducción tierna hubiera sido: «Te quiero, Javiera, y me preocupa en qué país vives, con quién. Te extraño, hija, y eso me provoca emociones contradictorias».

Lamentablemente, en ese momento exacto de mi vida no estaba como para recibir su preocupación disfrazada de crítica. Así que tampoco me dio para agradecer su consejo, como haría una buena hija. Ni para fingir que no escuché su comentario, cosa que también haría una buena hija. Hasta resoplar con impaciencia habría alcanzado. Pero la verdad es que no soy una buena hija, y solo me dio para responder a la defensiva.

«Ay, mamá, esas son supersticiones tontas. Qué tengo que hacer después, ¿ponerme a decretar éxito?»

Soy la primera en preguntar el signo zodiacal cuando conozco a alguien, pero ahí estaba, burlándome de su sistema de creencias y buenos deseos (estabilidad) para mi futuro. Riéndome a pesar de conocer bien sus complejos del «baile de los que sobran», de quedarse ignorante por pobre. Porque le costó un gran esfuerzo ser la primera de cinco hermanos en terminar la escuela y aún le duele no haber podido seguir estudiando. «La educación como un imposible», supongo que quise hacerme escritora porque ella es mi madre. Necesitaba experimentar por mí misma que no cumplir tus sueños es demoledor.

No sé si mi mamá se obsesionó con *El niño que enloqueció de amor*, pero siempre me leía la fábula de «Pedro y el lobo». «Es que yo mentía mucho de chica», solía repetir, y yo también me daba cuenta de cómo escondía su nombre en inglés, la comuna en donde vivíamos y su trabajo. No con mentiras, sino con verdades inespecíficas como «cargo administrativo». «Es por el estigma... Si ya vamos perdiendo, pero la idea es que no se note», me explicaba riendo traviesa, aunque se volvía tímida, muy tímida, al hablar con cualquier otra persona. Yo tenía siete, ella veinticinco y era preciosa. Ahora que las dos somos adultas, sigue negándose a contarme por qué estuvo en la cárcel mi papá. Y tampoco quiere responder si llegó virgen al matrimonio. Continúa diciendo que va a estudiar inglés, aunque siempre abandona tras las primeras clases. Scarlett rompe una placa de bruxismo por año y se le caen todas las pestañas cada vez que está triste. No quiere volver a enamorarse. En cuanto a su primer nombre y puesto de trabajo, ya lo tiene más asumido. Si por asumida se entiende expresar lo amargada que la hace sentir. «Eso soy –dice cada tanto y sin mucho contexto–, una simple cajera de supermercado.» Y yo, burlándome de su recomendación sobre mi maleta, se lo restregué en la cara. No es que buscara herirla con algo elaborado. Seguramente, de tanto escucharlo de su propia boca fue lo primero que se me ocurrió.

En cualquier caso, no se transformó en una pelea. Ella misma corroboró mi menosprecio: «Qué voy a saber yo si nunca he salido de Chile».

Aunque debía de estar acostumbrada a nuestra forma de comunicación, su respuesta me hizo pedazos. «Sí sé, mamá –me hubiera gustado decirle–. También odio ver las maletas por ahí. Pero desde que me fui de Chile se han multiplicado. Las he visto amontonadas unas sobre otras, estacionadas en los pasillos o haciendo de mesita de noche. ¿Qué le voy a hacer? Todos los compañeros con los que vivo tienen maletas. Dos, tres maletas por persona. Ningún departamento que pueda pagar es lo suficientemente espacioso para esconderlas todas. Y nadie está seguro de cuándo va a utilizarlas la próxima vez, así que es mejor tenerlas a mano.» Podría haberle explicado eso. O decir: «Tranquila, mamá. Quizás todavía no lo parezca, pero me va a ir bien».

No se lo dije porque ni yo me lo creía. Estaba muerta de miedo, pero lo último que podía hacer era aceptar mis dudas por videollamada. Mi deber como hija era impedir que se diera cuenta de que estaba más asustada que ella. No es que me diera la sensación de que su felicidad dependía de mis «logros». Ella misma me lo había repetido. Así que podía insultarla, reírme a su costa, pero jamás hacerla sospechar que todos sus años esclavizada en un trabajo que odiaba no habían valido la pena. Al contrario, con mi burla intentaba convencerla de que no me iba a asustar ninguna maleta. Tendría éxito, y la severidad de mi tono tenía que demostrarle que estaba dispuesta a cualquier cosa para lograrlo, incluso a herir a la persona que más quería.

Un relámpago enciende el cielo. Su estruendo sordo llega después: ¿cómo se consuela a un viudo?

Reviso los mensajes en mi celular. El más claro es un *link* con la noticia: «Muere una mujer de 34 años en accidente de coche este sábado». El titular suena tan ofensivamente genérico que no me deja otra opción que admitirlo: ocurrió tal como otras veces. Incluso con un nombre tan particular como el de Armonía, es un simple registro de información.

Me pregunto cómo voy a explicárselo a mi mamá. «Mejor una maleta que una tumba, ¿no? ¿Seguir viva alcanza para un poquito de estabilidad?» Lo cierto es que ni si quiera me atreví a contarle mis incursiones en el amor libre. Acaso temí traicionar nuestra propia relación monógama, incondicional a base de mantener ocultas las formas en que queremos a otros.

Me levanto en cuanto las nubes comienzan a despejarse. Porque amo la naturaleza esquizoide del cielo de Barcelona.

La copa rota en el *sticker* de «Frágil» aconseja ir a la cocina por vino. Ya ahí, también busco un cuchillo. Sé cuál es el más afilado porque soy la única del piso que los mantiene con la piedra. En el lomo metálico dice Ernesto. Es la marca genérica y barata del supermercado, pero es un buen nombre para un cuchillo. Ernesto significa perseverancia y empuñarlo me anima. Hace que albergue la esperanza de ser como su hoja metálica, fina a constancia.

«Homicidio imprudente», explicaba la bajada de la noticia sobre el otro conductor involucrado en el accidente de Armonía. Me arrodillo junto a la maleta, pensando que otra vez suena razonable, irritantemente obvio. ¿Cuál es el asesinato prudente? Sujeto el cuchillo con algo parecido a la disciplina y comienzo a despegar mi etiqueta de «Frágil». En realidad, después de tantos viajes y mudanzas ya está gastada por los bordes. Solo falta arrancar lo más difícil.

# SATISFACCIÓN

El funeral ya había empezado y me quedé observando desde fuera. Un escalofrío absorbió mi vista hacia los padres. No sé si por la angustia desgarradora que transmitían o por la impresión de ver a un padre y a una madre juntos. Él era un hombre corpulento con la cara encendida; roja de tanto llorar y roja de tanto aguantarse las ganas de llorar. A ella ni siquiera me atreví a mirarla una segunda vez, pero cargaba algo entre los dedos. Sus vísceras calcinadas, probablemente, o la mano de su esposo para consolarlo. El cortejo era grande y me costó distinguir a Manuel. Estaba en una de las últimas filas, más encogido que de costumbre. Un segundo antes, la relación entre Manuel y Armonía me había parecido tan fulminantemente intensa que esperaba encontrarlo adelante, participando de algún lugar más principal en la ceremonia. Era el puesto que ella reservaba para él en sus pensamientos cotidianos, ya fueran angustiosos o placenteros. Centralidad, incluso ahora cuando el corazón ya no latía. Pero la disposición de los asistentes mostraba otro orden en el mapa de las relaciones. Uno despiadadamente concreto y medible. La distancia entre el cuerpo muerto de Armonía y quienes la conocían, amaban y dolían calculada en simples pasos: meses, años, una vida.

La familia va primero, señalaba sin duda aquella distribución, y a un amante como Manuel solo le quedaba orbitar periféricamente, como un satélite olvidado. Por un momento lo compadecí. Sentí lástima de su pasión, una que, si antes había servido como combustible, ahora le hacía perder gravedad. Luego me pregunté si estaría sintiendo celos de las personas que están por delante de él, en la zona vip del funeral. Manuel, ¿celoso por fin? Como mínimo se le veía vulnerable. Qué maravilla. Reprimí una sonrisa, pero no la voz de mi mente. Sonaba distinta. Es decir, tengo bastante claro que solía ser una esnob borracha y caprichosa, con falsos ideales, ambiciones ridículamente desproporcionadas y serios problemas para cumplir con su palabra. Pero en una situación tan sensible, ¿de dónde venía la crueldad?, ¿estas ganas de pensar cosas feas? Incluso cuando la mujer que los causaba no existía más, ¿seguía celosa? Sí, y esta vez les daría rienda suelta. Iba a liquidar la última pizca de decencia que me quedaba. Uno: que Armonía estuviera muerta me tenía triste de una forma bien extraña. Dos: también me irritaba que pudiera gozar de algo que a mí se me negaría, la presencia de Manuel en su funeral. De fallecer mi cuerpo bellamente joven, sería repatriado a Chile, y a Manuel le costaría más cara la despedida; en ánimos, tiempo, dinero. Así que al final no iría, estaba segura. Tres: por supuesto, también cabía la posibilidad de que a Manuel lo dejaran atrás, y se sintiera cohibido, porque en el funeral lo discriminaban por latino. Ante la duda, y para ajusticiar el protagonismo de nuestras emociones, me abrí paso entre los asistentes como si se tratara de un festival de música. Algunos ojos saltaron por explicaciones, quién era yo y por qué llegaba tarde. Pero sostuve cada una de esas miradas como advirtiendo que no me detendría. O sea, que les devolví una carita de Bambi en apuros y pedí perdón en *mute*. Cuando alcancé la tercera fila, un cura hablaba en catalán. Claro que lo que decía sobre la fallecida o sobre el misterio de la muerte sonaba tan poco específico, tan a lugar común, que hasta si lo hubiera dicho en chileno todos lo habrían entendido. Tenía la voz bonita, pero su tono, entre monótono y condescendiente, hasta a mí me pareció desconsiderado. Igual tampoco es que yo pudiera superar su discurso. Sobre el tema comprendía lo básico: morir, mientras menos pronto, mejor. ¿Por qué había un cura, en cualquier caso? ¿No se suponía que los padres de Armonía eran budistas o algo así? Con el nombre que habían elegido para su hija, tampoco es que fuera imposible de deducir. Pero Manuel lo confirmó, chismeándome que, de niña, Armonía sufría mucho con el hippismo de sus padres. En especial con sus votos de silencio de treinta días. Recuerdo que entonces imaginé a una mini-Armonía en vestido de algodón con volantes y su pelo rubio, largo y suelto persiguiendo la estela silenciosa de sus padres. A saltitos desesperados, suplicando que le hablaran. Toda la familia a contraluz en un paisaje bucólico. Hierba lozana, montañas resplandecientes. Observar la claustrofóbica urna que exhibía y ocultaba las cenizas de su cuerpo me permitió completar la fantasía. Esta vez la niña tenía la mirada desafiante de una fumadora precoz, y advertía a sus padres: «Llegará un día en que seré yo la que no les dirija la palabra. Haré que se arrepientan». ¿Estarían sus padres teniendo deformaciones mentales similares a las mías? Se mantenían de pie, sin utilizar las sillas reservadas, y toda la entereza que parecían querer demostrar, o a la que se aferraban, únicamente fortalecía la atmósfera de desamparo. Habría sido más tranquilizador verlos de rodillas en el suelo, llorando sonora y vulgarmente. La madre me hizo pensar en Joan Didion. No por la tragedia de la hija muerta, sino por el parecido físico. Era extremadamente delgada y también poseía esa sofisticación de acabado mate, masculina. Ambas cosas parecían tan naturales en ella como respirar. A su lado, hasta mi respiración resultaba estrafalaria y barata. Todas las poetas e intelectuales a las que yo veneraba tenían, casualmente, esa misma delgadez y severidad ósea. Anorexia que asociaba a chicas ambiciosas en pugna con sus madres, y a su dominio desgarrador sobre las palabras. Pero yo, ni gastando más dinero en pastillas para adelgazar que en comida del supermercado, lograba escribir bien. Ni estar en los huesos. «Cuando la familia pierde poder, gana terreno la policía», escribió Anne Carson, otra de mis raquíticas favoritas. Si un homicidio imprudente les arrebató a su hija, ¿estarían los detectives de la investigación en curso entre los invitados? Había leído *Autobiografía en rojo* en México, y otra vez me había sentido identificada con un niño devastado por amor. Gerión, monstruo alado como un pájaro. Entre otras cosas, entendía el verso porque era la amenaza de mi papá: si escapaba de casa, el problema no sería el viejo del saco, sino que él iba a llamar a los carabineros para que me detuvieran y metieran a un centro de menores. Algo bien ridículo, porque yo tenía seis años y mi padre debería haber dicho: «¿Cómo te vas a ir de la casa? Si tienes seis años y eres mi monita preciosa». Doblemente ridículo, porque fue él quien terminó huyendo. «Ok, papá... ¿En qué quedamos, entonces?», tendría que haberle dicho. Y claro, él habría replicado: «Lo siento, tesorito, pero en mi caso los pacos ni se meten. Y, por cierto, eres hija natural». Me dolió el útero, pero no por pensar en policías, o en mi padre, sino por el otro tipo de regla. Que estuviera menstruando justo en ese momento no parecía casual, considerando mi sed de sangre. Por suerte, Armonía se había dejado una caja de támpax en el baño de nuestro piso. Estoy segura de que usar los tampones de una mujer que acaba de fallecer demuestra un poco más que indolencia. Pero una acción despreciable como esa, ¿inicia una ruta de destrucción irreprimible? ¿Los policías asisten a los funerales? ¿O se trataba de mi mente fantasiosa, que ya empezaba a inventarse respuestas para cuando me tomaran declaración por sospecha? «Sí, es cierto. Usé sus tampones.» Aún no lograba distinguir a Laura entre los asistentes. Si llevaba saliendo con Armonía desde hace pocos meses, entonces, la había perdido justo en la etapa del enamoramiento. O sea, iba a tenerla muchísimo más difícil que Manuel. Y además ella era tanto pareja de la fallecida como del otro novio de la fallecida..., algo así como la Edipo rey de las viudas. ¿Qué le quedaba por consuelo a la pobre? ¿Sacarse los ojos? Para su fortuna, me tenía a mí para hacer el trabajo sucio. Necesitaba encontrarla para atisbar su mirada y picotear como un cuervo hasta vaciarle las cuencas. Si antes había querido amar como un ingenuo pajarito (o una paloma), ahora sería un ave carroñera. Un pájaro de mal agüero que obtiene su aporte energético de cuerpos muertos. Era rara, esta nueva voz en mi mente. Antes sonaba horrible, pero en el sentido humillante de los celos; por no ser la reina de corazones en el mazo de Manuel. No horrible por oírme razonar: si un cuerpo incinerado queda reducido a tres kilos de cenizas, exijo otra muerta para igualar los seis kilos de peso que siempre he querido bajar. Una voz de tono irreconocible y, tal vez por eso, tan atractiva.

Pasar de reina de copas a reina de espadas tampoco está tan mal, pensé justo cuando el padre de Armonía terminó su discurso y se desplomó en una silla plástica para ver desde ahí que el temor más grande de su vida había ocurrido. Observándolo es que reflexioné: «será que como fracasé en casi todos los aspectos de la vida ¿necesito proyectar la misma mezquindad de la que me creo víctima? ¿Porque dejé de escribir? No, ya me había rendido y seguía viviendo de lo lindo». La madre se mantuvo en pie. No entendí qué decía en catalán, pero su voz sonaba tan amable, tan agradecida de que estuviéramos ahí, que resultaba aún más desgarrador. Hasta se me cayeron algunas lágrimas. Se me erizó la piel y cerró la garganta. La emoción tenía algo de inevitable, como al ver la final de las olimpiadas. También algo de genuino pesar y respeto. En vida correspondí a su hija como a un rival, pero nunca hubiera imaginado que sería ella la que terminaría partiéndome el corazón. ¿Quién iba a ser yo sin armonía?

Manuel vestía una polera negra prestada. Porque nueva no se veía, y aunque es el hombre poseedor de más camisetas que he conocido en la vida, casi todas son de bandas de sus amigos, o suyas, en cualquier caso con dibujitos chistosos. Otra tiene estampada a Raffaella Carrà y otra el póster de *Tacones lejanos*. Son hermosas, y fue con la de la película de Almodóvar —mangas remangadas a lo rocker de los cincuenta—, cuando una noche, haciendo comparaciones tontas y vanidosas, afirmó que había sido él quien había terminado con todas sus ex. «Gloriosa Armonía, que no le permitió agregar su nombre a la lista», agradecí justo en el instante en que Manuel volvió la cara y me descubrió mirándolo. Escucharía mis pensamientos, ¿o estaba buscándome él también? La expresión de su rostro me transmitió estupefacción. También la necesidad de abrazarse a mí. Tal vez, para siempre. El funeral aún no terminaba y ya me hacía ilusiones con el viudo, ¿podía ser más nauseabunda mi alegría radiante?

El resto de la ceremonia seguí fantaseando sin parar. Pensando: Esto debe ser lo que sintió Medea cuando dijo, «aquel a quien aprovecha el crimen es quien lo ha cometido». Entonces apareció la cabeza de Laura, junto a Manuel y para apoyarla en su hombro. Fijé la vista en la inclinación de su cuello, delicado e indefenso. Ojalá estuviera muerta, deseé codiciosa. Así fue como empezó el sueño de la maldad: en mi mente.

Para cuando me di cuenta, Manuel ya me abrazaba. –China... –dijo, y me estrechó como si la que necesitara consuelo fuera yo. Mis brazos seguían fijos, oxidados como dos barrotes de hierro. Manuel se abrazó a ellos como un suicida a los rieles de un tren, pensé, y enseguida me corregí y ceñí su cintura. No sé si la muerte de Armonía me había reseteado los recuerdos, pero percibí el cuerpo de Manuel como si fuera la primera vez. Alto, tan alto que parecía que no fuera a acabarse nunca y de cintura asombrosamente pronunciada. La sensación fue agradable. Cuando los vi a él y a Laura acercándose por entre las tumbas, temí que mis pensamientos se pusieran en evidencia con arcadas, eructos o incontinencia intestinal, tal como mostraban los documentales que les ocurría a los psicópatas. Y sin embargo ahí estaba, liberando toxinas por oleadas de placer como las que producen esos masajeadores con varillas metálicas que te chupan el cerebro.

«China», así me dice Manuel. Es el apodo cariñoso que eligió para tratarme como a una polola. Solo por eso ya me gustó, pero también sonaba novedoso. Es decir, porque en Chile mis ojos no salen para nada de lo común. Y aunque un par de amigos lo criticaron, nunca consideré que me estuviera racializando. Sobre todo porque, hasta donde sé, no soy asiática. Además, también me gustaban sus ojos. Perfilados como por un pincel de caligrafía, y con esa pereza sensual de estar echado bajo un sol cálido, después de hacer el amor con Cleopatra o alguien por el estilo. Su olor y su cintura marcada me transmitían una sensación similar: jeroglíficos que de tan obviamente figurativos se convertían en la escritura más enigmática. Claro que no lo llamaba «mi egipciano». Todo eso recordé durante el abrazo, que duró bastante y que también podía ser un saludo de bienvenida. No nos veíamos desde mi viaje a México, y entonces me impresionó lo raro que era que el mismo gesto de un abrazo pudiera significar tantas cosas diferentes. Te extrañé. Lo siento por tu pérdida. Feliz Año Nuevo, salud, dinero y amor.

—Mi chinita... —repitió, añadiendo más afecto al abrazo, pero con la voz estrujada por la pena—. ¿Estás bien? —preguntó al separarse, otra vez como si fuera él quien tuviera que tranquilizarme a mí.

—¿Yo? —solté, y le devolví la pregunta. Manuel bajó la mirada. «Destrozado», pero no sé si lo murmuró o lo inferí.

Entre tanto, la presencia de Laura era muy poderosa. Si ya es increíblemente difícil dar el pésame a cualquiera, ¿cuál era la forma correcta para la pareja de tu pareja que, además, también era pareja de la fallecida en cuestión? *Vínculo*, quiero decir, ¡por Dios, que no aprendiera ni los conceptos básicos! Simplemente la abracé. Supongo que en cuanto a dar condolencias, es más fácil hacer que decir. En realidad, era la primera vez que abrazaba a Laura. Como el noventa por ciento del mundo, era más alta que yo. También percibí su cuerpo atlético. Practicaba uno de esos deportes extremos en el mar, wingfoil o algo así con alas en inglés, y que, según investigué, conseguía sensaciones fuertes más rápido que otros. ¿O sea que prefería los atajos? Astuta. Ojalá hubiera dado una vibra estética a bikinis de macramé y atrapasueños, pero vestía trajes masculinos de dos piezas en colores dulces: caramelo, marrón o canela. En el mismo sentido, también odiaba que no fuera una menor de veintitrés, para poder echárselo en cara a Manuel, como hacía con su preferencia por las europeas sobre las latinas. Apenas tenía un año menos que yo, y parecía igual de jodida. Aunque sí que nos fue útil que tuviera un taladro y lo supiera usar. Abrazada por Laura, no tuve la sensación de ser dos barrotes de hierro enormes por los que va a pasar un tren a velocidad sísmica. Me sentí como unas tijeras de podar. Para entenderlo, quizás haga falta sumar la idea de melancolía, ánimo que creo esencial en un jardinero, o en alguien a quien le gustan tanto las plantas como a Manuel. Todo el mundo sabe que el amor se parece a la jardinería. «Gracias por venir», susurró Laura a mi oído. Y justo antes de que cerrara mis tijeras para seccionar su tallo en dos, agregó: «Creo que me va a bajar la regla, ¿no tendrás un támpax?».

Su pregunta me descolocó. En lugar del escenario amenazante que pretendía, un tiburón merodeando a la wingfoilista, me sentí como una adulta en flotadores de manguitas. Ella comenzó a buscar algo en su bolso. Las manos le temblaban y sacó como mil cosas hasta que dio, no con tampones, sino con una cajetilla. Por su forma y capacidad absorbente un cigarro se parecía a un tampón. Y considerando su mirada de angustia absoluta, cabía la posibilidad de que se hubiera confundido. Entonces apretó la cajetilla. O más bien, se le cerró el puño como una trampa para osos. Con la vista fija al suelo susurró que no podía moverse.

–¿Te ayudo? –ofrecí con inseguridad. Tocar su mano me requirió un esfuerzo enorme y, durante un rato, mi gentileza únicamente dio para eso; su piel estaba fría. Después intenté liberar sus dedos de forma muy obtusa, como si quisiera abrir la trampa para osos con unas tijeras de podar. No funcionó, y como tampoco tenía idea de lo que estaba haciendo, terminé aplicando fuerza bruta. El problema ahí fue que, en realidad, yo no tenía ningún tipo de fuerza en los brazos. Miré a Manuel. Él la miró a ella, y otra vez de vuelta a mí. Laura comenzó a llorar de forma desgarradora, como si quisiera enseñarme qué significa aplicar una fuerza brutal. Mis manos respondieron temblando, pero ella abrió el puño. Más que recobrar el movimiento, perdió la capacidad de mantenerse en pie. No alcancé a sostenerla y cayó tumbada a tierra como si acabaran de dispararle. Un escalofrío me recorrió el cuerpo. En vez de mirar hacia atrás, como para cerciorarme de que los cazadores huían, dirigí mi vista instintivamente a la entrepierna de Laura y a mis manos, que, no sé en qué momento, le habían quitado la cajetilla: sus cigarros empapados en sangre.

# VANIDAD

Nos quedamos deambulando por el cementerio como almas en pena. En especial Laura, que seguía medio desvanecida entre los dos. Manuel opinó que la sentáramos, pero insistí en que empeoraría. Mi premisa entendía el duelo con espíritu deportivo, como si Laura acabara de correr una maratón y detenerse le fuera a provocar un calambre.

—Porque una Coca-Cola no tienes, ¿o sí?

Él me miró sin comprender, pero accedió a caminar. Supuse que, en sus circunstancias, tanto le daba cualquier alternativa. O ni siquiera podía prestar atención. Un día te despiertas y estás convertido en viudo por alguien que conoces hace menos de dos años. Son esas ¿peores o mejores circunstancias? Impredecibles, sin duda.

—¿Qué pasó la noche en que murió Armonía?

Las cejas de Manuel no terminaron de decidir si poner cara de ofensa, confusión o abrumadora tristeza. Fueron las tres cosas a la vez.

—¿Tú y Laura estaban con ella? —insistí.

—No, claro que no. Si hubiéramos estado con...

—¿Qué, se quedaron culiando? —lo interrumpí, con tono patético y, por eso mismo, acertadamente despiadado. Lo dije para ahorrarle la ilusión de que hubiera sido capaz de cambiar las cosas. Y bueno, también para acusarlo deliberadamente.

Esta vez Manuel abrió los ojos, la boca y los orificios de la nariz. Pareció que hasta la concha de sus orejas iba a expandirse.

–Qué. No. Estábamos en el cumpleaños de Feña y... China, oye, este... ¿Es necesario tener esta conversación ahorita? –dijo con voz entrecortada, pero sin titubear en sus pasos.

–Sí. Necesito saber si estás tan confundido como yo, o si me perdí algo y debería sentirme culpable.

–¿Culpable? ¿Qué hablas?

–¿Esa noche bailó?

–No sé, cómo voy a... ¿Qué tiene que ver?

–Es que la última vez, Armonía me dijo que no podía bailar sin drogas, y bailar es muy importante, tanto como dormir. Incluso más. Y si bailó esa noche, entonces, al menos la... –Si ya era difícil pronunciar esa palabra, resultaba ridículamente cruel junto al nombre de la fallecida: «la Armonía murió ¿en armonía?».

Manuel hizo su tic de buscar el inhalador en el aire.

Miré el camino que teníamos por delante: árboles y gente muerta de un lado y del otro. Resultaba un paseo tranquilo y aromático. Poco alentador, pero didáctico. Y si llegábamos a distraernos del fundamento innegable de la mortalidad, también teníamos los rayos del sol picoteándonos la vista. A machetazos de luz para recordar que un día la bola roja se expandirá para hacernos desaparecer.

Mirar atrás tampoco parecía muy esperanzador. Tal vez quedaba convertida en estatua de sal como la esposa de Lot, o eso parecía que les había ocurrido a todas las figuras humanas que decoraban las tumbas del cementerio... Si vas a escapar de Sodoma y Gomorra, *strike a pose*.

Así que continué por el camino de mis pensamientos y llegué a esa tarde en que me quedé frente a la publicidad de un banco con la boca abierta. «Cuenta NoCuenta. No te pide nada. Ni nóminas ni ingresos mínimos. Sin comisiones y sin ataduras. Ábrela en 5 minutos.»

Me pareció que BBVA no solamente estaba al tanto de mi precariedad laboral, sino que podía describir con exactitud mis relaciones sentimentales. Bastaba con cambiar la palabra *cuenta* por *pololeo*. En realidad, me ofendió que el lenguaje del amor y del dinero se parecieran tanto. Es decir, tenía la esperanza –o la vanidad– de que en mi caso no fuera así. Me molestó entender que, pese a mis esfuerzos por salir de la norma, yo y mi relación abierta no éramos ninguna excepción. Desobediente en nada. Hasta la publicidad de un banco lo ofrecía como un producto. Sentí como si acabara de enterarme de que estaba metida en una estafa piramidal y me dieron ganas de ser muy cursi y monógama. Regalar un osito de peluche que al apretarle la barriga dijera: «Soy *freelancer*, pero te amo».

La paradoja de las estafas piramidales es que los estafados son también los propios estafadores. A menos que seas realmente estúpida, y yo no lo soy. Explorando esa ruta de mi pensamiento, encontré todas las veces en que me había oído contar sobre mis cacerías amorosas a amigos. ¡Cómo disfruté aquellas tardes! Publicitando también iba «Me comí a este», «me agarré a este otro», con el respaldo visual de Instagram, igual que si contara dinero. Como claramente no tenía capital económico, había manipulado el sistema simbólico para ser rica en amantes. O sea que en realidad no estaba deconstruida, sino desfalcada.

Cuando tenía quince años y era una rebelde antisistema, mi mamá y los otros adultos advirtieron que cuando madurara terminaría vendiéndome como ellos. De la parte de madurar no estoy segura, pero me vendí. Todo para que un desconocido guapo dijera que yo tenía una vagina muy linda. ¿Eso es venderse mal o bien, mamá? No es que mi objetivo fuera ser un producto en el mercado del amor, pero si ya era un hecho irrevocable, ¿mejor vender mucho y barato o vender poco y caro? ¿Qué decía mi etiqueta de amante?, ¿«sabor idéntico al original» o «de elaboración orgánica y comercio justo»?

No tenía idea. Pero de que Manuel siempre contaba más plata que yo, ni dudas. Y eso que había dado todo para abolir la brecha salarial por género.

Regresé a mi querido viudo. Tenía la mirada triste de un galgo, malherido, abandonado.

Esto es todo lo que una quiere ver, pensé. Un millonario llorando.

–Entiendo que estés confundida, pero imagínate yo –dijo él–. Te juro que no entiendo nada, chinita. Lo único que te puedo decir es que Armonía tuvo un accidente y yo no estaba ahí. No pude ayudarla.

–Por eso ya nunca te vas a separar de mí, ¿ya? –salió de mi boca.

Él me miró un momento.

–Perdón... Perdón, Manuel, mi amor. No sé qué me pasa –dije–. Es que creo... Creo que estoy celosa. Nunca me atreví a admitirlo cuando Armonía estaba viva y ahora que está muerta...

–¿Podemos sentarnos? –suplicó él–. Por favor.

Fuimos hasta una sepultura custodiada por un ángel. «¿Los ángeles son como la policía de Dios o su cuerpo de baile?», me pregunté. Manuel apoyó a Laura sobre sus piernas. Supe que se aguantaba las ganas de acariciarle el pelo; el campo de energía reprimida resultaba todavía más incómodo que si lo hubiera hecho. También me di cuenta de que mis dedos aún sostenían los cigarros. Examiné la cajetilla. «Fumar mata», advertía. Justo lo que necesitaba para asumir mi villanía: una adicción letal. Busqué fuego en la cartera de Laura. Me llevé un cigarro a la boca e intenté prenderlo. Varias veces.

—¿Desde cuándo fumas?

Iba a responder «acabo de partir», pero tosí por el humo. Él me ofreció su botella de agua.

Aspiré como si quisiera llenar más mi cabeza que los pulmones. Cuando pareció que funcionaba, el mareo fue terrible y me dieron ganas de vomitar. Superadas las náuseas, comencé a sentirme drogada. Mi mente se nubló de humo y solo tomé conciencia de que los textos en las lápidas vecinas eran breves. Vi un corazón formado con piedras. No pensé nada al respecto. La manicura de Laura parecía recién hecha. Tampoco opiné nada. Los tres estábamos sentados sobre la tumba de un tal Antonio Pazos y bajo la mirada de un ángel que podía pertenecer al cuerpo de policía o a uno de baile. ¿Cómo habíamos llegado ahí? Nada. El cráneo hueco, igual que el de los muertos que nos rodeaban. Pero fue un rato muy sereno después de tantas horas desconcertantes, plácido. No sentí que mi presencia sobrara entre Manuel y Laura. Quizás es que el espíritu de Armonía iba apoderándose de mí. Y si así era, qué quería. Di la última calada y boté el humo; lento, bien. Un cigarro es una pausa, concluí. Me encantó.

—Si yo muriera, ¿irías a mi funeral?

Manuel entornó sus ojos. Ya acariciaba el pelo de Laura y no dejó de hacerlo.

—Como pedirte matrimonio justo ahora sería de mal gusto, supongo que es la única ceremonia importante que me queda...

—Claro, chinita.

—¿Incluso si tuvieras que viajar a Chile?

—Sí. Iría donde fuera.

Mitad sonreí, mitad una espada me atravesó el corazón por haber tenido que preguntar. Volvimos a quedarnos callados. Venganza, ¿eso quería el espíritu de Armonía? Mientras él le hacía cariño a Laura, me esforcé por confabular contra ellos. Lo único que se me ocurrió fue que las tumbas, con su formato cuadriforme, retrato y descripción breve, parecían perfiles de una red social. Por nuestras interacciones virtuales, desoladoras, fantasmales, seguro que el diseñador de programa había tomado los cementerios como inspiración.

–¿Te imaginas que en unos años las tumbas sean pantallas digitales que muestren todos los posteos y el historial de búsquedas que una hizo en vida?

–Qué miedo. Oye, este... Si Laura se quedara un par de días en el piso... con nosotros, ¿cómo te haría sentir a ti?

Fijé la vista en las inscripciones grabadas en piedra blanca y mármol, pensando que los materiales también podían servir para un baño, y en cómo me sentiría compartiendo el único baño que teníamos con Laura, ¿similar a ir por un cementerio buscando mi nombre en una lápida? Asentí en gesto de comprensión.

–Soy tan posesiva que también me atraen las chicas que te gustan –agregué, sin mencionar que tenerla tan cerca quizás ayudara a deshacerme de ella.

–Y a nuestra hija, ¿crees que le moleste? –se refería a Lorenza, la compañera de piso *centennial*, a la que con ironía y cariño tratábamos de «hija»–. Porque también tendría que venir Jaime.

–¿Jaime? –pregunté, asustada de que fuera otro vínculo o neoviudo del grupito.

–El conejo de Laura.

Respiré con alivio. Jamás dañaría a un animal.

–Nuestra hija siempre anda diciendo que quiere un perro, así que yo creo que va a ser la más feliz.

Manuel dejó el pelo de Laura y buscó mi mano. Tras

una mirada de reconocimiento y permiso, se aplicó a las terminaciones nerviosas de mi piel.

—Esta semana tengo turno de seis a tres de la mañana...

—¿Cuál trabaju? —pregunté, usando el tono cursi y juguetón con el que solía hablarle a solas.

—En Facebook. Empiezo en unos días. ¿No te acuerdas?

—*Shí*. Vas a *sher* moderador de *contenidu* —insistí con dulzura empalagosa, sin ninguna intención consciente de rehuir los videos de suicidios, asesinatos y desmembramientos que él tendría que ver, evaluar y censurar en su nuevo trabajo.

Manuel afirmó con la cabeza, entusiasmado a la manera del mejor amigo antropomorfo de alguna princesa de Disney. Había subido su mano hasta mi cuello y me hacía soltar oxitocina con masajes por la nuca y detrás de las orejas. Recién entonces recordé —con el mismo asombro que me inspiró su cinturita, altura y ojos— que Manuel era un hombre cariñoso, muy cariñoso.

—No te preocupes. Yo la cuido mientras no estás, pero entonces... ¿te casarías conmigo?

Él mantuvo la sonrisa tierna un instante y luego recordó eso importante (dónde estábamos, por qué) y me arrebató su mirada.

Nos quedamos así, absorbiendo el silencio sepulcral y hablando por medio de caricias hasta que Laura volvió en sí de golpe. Me miró con pavor, como si de verdad viera en mí al fantasma de Armonía, y yo le guiñara un ojo. Manuel me soltó para abrazarla. Lucían como una pareja cualquiera, quebrada e infeliz.

Buscando en mi bolso para hacer algo mientras, di con la carta de despedida que había escrito en el avión. Así que me lo recordé: no estoy muerta. Pasó otro minuto de vida y Manuel empezó con un ataque de asma.

Siempre ajusto el tubo de la ducha con aplomo técnico. Como si fuera el atril de un micrófono y yo el *roadie* que lo prepara para su artista. Lo siguiente es ayudar a Laura a desvestirse, mientras el agua se calienta y ella dicta instrucciones. Y ser su soporte cuando sube a la tina, que también imagino como un escenario. Su posición ahí es importante. No porque resulte más fácil bañarla, sino porque así es como a ella le gusta: de frente al chorro de agua y no de espaldas. Antes de comenzar con el champú, cepillo sus dientes. Otro de sus hábitos: sentir la boca a menta fresca en contraste con el vapor caliente.

El «par de días» que Laura iba a quedarse en el piso se transformaron en dos meses. Por stalkeos de Instagram sabía que creció en un pueblo de Extremadura y que era huérfana de madre. Pero descontando su rutina de baño y la constatación de que nuestras menstruaciones siguieron sincronizadas, no tenía idea de con quién estaba viviendo. Probablemente porque, tras la muerte de Armonía, ni siquiera era alguien.

Manuel estuvo en shock, pero se notaba que era más por la impresión del accidente que por la ausencia de una de sus amantes. O es que echarla de menos siempre fue algo soportable para él. Trabajaba horas extras para no pensar, dijo, y en los ratos libres leía *El libro tibetano de los muertos*. También se dejó un bigotito de padre responsable. O de policía. Pero presumido, como cualquier bigote. Estaba muy guapo, o yo lo veía muy poco. Llevaba las cuentas de la casa –igual que antes– y seguía locuaz en el sexo, el único momento en que parecía tener idea de lo que estaba haciendo. Aunque no volvió a decirme «La próxima vez que te vea, te mato», porque en todo ese tiempo no lo volvimos a repetir. Compartía su cama con Laura. Entre tanto pesar, un milagro en el mercado inmobiliario: el precio del alquiler de mi habitación bajó.

En cuanto a Jaime, el conejo de Laura, me dejó claro lo fundamental: es un descreído y odia ser tratado como una mascota. A su tutora, en cambio, las pocas veces que le escuché opiniones, fue durante ataques de ansiedad. Pero tampoco había mucho que sacar en limpio porque solo repetía una cosa: quería morir.

Manuel decía que no debíamos tomarla en serio. Yo no estaba tan segura. O más bien, veía una oportunidad extraordinaria. Por eso me ofrecí a cuidarla en los baños cuando a él le tocaba turno de día. Pasar el chorro por su pelo se sentía como regar una planta mustia, y a mí se me daba bien hasta matar a potus por exceso de agua. A ver, no me encantaba la idea de ayudar a Laura, pero si de verdad tenía tantas ganas de morir, podía hacer el sacrificio y animarla como una canción triste. Además, conmigo de editora la nota de suicidio le quedaría preciosa. Incluso un baño como el nuestro, con grifos oxidados y melamina humedecida en vez de mármol, podía servir como cementerio.

¿Qué planta tiene tetas tan perfectas? Hasta el pelo negro, delgado y largo que nace desde la areola de su pezón crece curiosamente elegante. Después de tantos baños juntas y pese a su aspecto consumido por la pena, sigo comparando mi cuerpo con el suyo, envidiándolo, cohibiéndome. En culo le gano por lejos, eso sí. No por nada mi bar en Barcelona se llamaría Bar Culona. En ombligos, somos igual de anodinas. Así que no calificará para mis frasquitos de formol, cuando sea una psicópata coleccionista. Con sus tatuajes ya tendré bastante para atesorar. Laura los tiene repartidos por todo el cuerpo. En su mayoría palabras, que voy leyendo al frotar con el guante exfoliador: *Playa, Biodegradable, Internet*. Aunque los tatuajes de frases me dan vergüenza ajena, el que tiene en su antebrazo es mi favorito: «She's older than she ever was». Su obviedad resulta desconcertante. Y por mucho que lo lea, siempre dudo de su significado, que es, supongo, lo que se espera de un buen tatuaje: que pese a la legibilidad de su signo guarde un secreto sobre la personalidad de quien lo porta. Lo que más me gusta es que también parece una broma. Como si Laura se burlara de ella misma porque solo podrá leer esa afirmación tan... ¿absoluta?, mientras su antebrazo siga firme y liso, joven. Con el tiempo, cuando sea realmente más vieja de lo que nunca fue, el tatuaje quedará oculto por su propia piel arrugada. A la larga, todo esfuerzo por comprender quién eres queda sepultado, ¿ese es el secreto?

—No significa nada —respondió Laura—. Ni siquiera recuerdo dónde la leí. Me gustó y ya.

Había cierta hostilidad en su tono, pero no parecía dirigida a mí, no especialmente. También cabía esa posibilidad. Quizás no estaba sufriendo la pérdida y solo era una «pija» antipática más. Como sea, mi curiosidad de esa mañana quedó satisfecha con que se levantara de la cama. Y por iniciativa propia. Representaba una señal enorme de que restablecía sus vínculos con la vida. Y que tras probar el café, soltara: «Delicioso». De tamaña muestra de expresividad pasó a una inmovilidad facial absoluta, emoción de electrodoméstico, mirada de refrigerador. Su silencio se volvió patente, tanto que me dieron ganas de aferrarlo con mi mano. O quizás pensé eso porque tras ella, en un balcón, el viento agitaba la ropa tendida. Y debía soplar fuerte el viento y estar bien seca la ropa, porque el aire se metía dentro como si quisiera ser un cuerpo, y la tela se estremecía y flameaba al estilo de Marilyn Monroe sobre la rejilla del metro. Marilyn Monroe tuvo una vida triste y un final trágico, pero quizás el silencio de Laura fuera más a ropa mojada.

Desde ese mutismo palpitante, fue y me preguntó cómo se suicidaba la gente en Chile.

–Mmm... –medité y justo se nos unió Lorenza: bol de yogur, fruta y chía, gafas de sol a lo Tour de France, cascos con cancelación de ruido. Cuando llegó de su *after* y le ofrecí café, me censuró con la mirada como si estuviera tentándola con un whisky. Esto de ser madre soltera de una adolescente antidrogas...–. A los suicidas de Santiago parece que les gusta precipitarse. En los noventa se lanzaban al río Mapocho, pero ahora se usa tirarse desde el Costanera Center, que es como un shopping gringo, pero al medio de la ciudad. Y lo heavy es que cuando alguien se suicida, las tiendas no cierran; instalan una carpa para cubrir el cuerpo y todo el mundo sigue comprando. Creo que lo único que no pasa de moda es tirarse a las vías del metro.

–En Barcelona igual, pero me da la impresión de que se oculta más –comentó Laura, otra vez en un giro comunicacional sorprendentemente humano.

–Tiene sentido... Imagínate si los turistas que vienen a broncearse al Mediterráneo se enteran de que la gente que vive aquí anda toda pálida y matándose en el metro. Puuuu, no hay negocio... En cambio, en Chile no importa. Todo el mundo sabe que somos tristes.

–¿Todo el mundo? –se burló ella de mi desconocido país. Obvio que también reí–. Sangre y tripas explotando..., demasiado gore. Igual es que soy cobarde o poco conceptual. Lo de suicidarse siempre tiene algo performativo, como si tuvieras que dejar un mensaje. Pero si me suicidara yo, no sé si podría demostrar algo. Hay veces en que no hay enseñanza, ni verdad, ni carta, solo existe dolor. ¿Cómo que no hay carta?, pensé afligida. Pero me gustó cómo sonaba; a algo oscuro y mojado. Podría habérselo dicho para convencerla de que sí tenía potencial de «suicida interesante». Lástima que se me ocurrió después. Entonces sonreí nerviosa, por lo realista que se volvía la conversación.

–Claro... Oye, y cómo te entretenías tú para hacer caca. Digo, cuando Instagram no existía. Porque yo tomaba los envases que tenía a mano y te hacía un programa de cocina: «Muy buenos días, hoy prepararemos una espuma de champú, con vinagreta de cloro y pasta de dientes de la temporada...». Mmm, esta mañana te ves mejor, ¿necesitas que te ayude en la ducha?

Laura se desperezó con un movimiento tan refinado que pareció postura de yoga, y quizás lo era.

–Pensé que me ibas a ignorar para siempre... –soltó entonces, con ese tono de voz suyo que no era ronco ni bajo, sino tostado como almendras con sal. Luego, burlescamente confundida, dijo–: ¿qué receta la enfermera?

Por el final, el vapor de la ducha siempre es asfixiante. Nos envuelve como la niebla de un cementerio que ya se la querría Mary Shelley.

–Javi –susurró Laura esa mañana–. Duele.

Pedí que agachara la cabeza para retirar el acondicionador.

–Duele –repitió ella.

Como en cada baño no supe qué responder, así que leí el tatuaje en su piel: «Ella es más vieja de lo que nunca ha sido». Duele.

Cerré el grifo y la sostuve para salir. Una extremidad primero, luego la otra. Ahora sí que parecía ropa oscura y mojada. Limpia.

Envolví a mi víctima en una toalla y la dejé bien segura sobre la alfombrilla del baño. Olía a gel Dove, el de Manuel. Me la quedé mirando, «¿será que está tan deprimida como para no bañarse o siempre exige que la mimen?». Champú, acondicionador y jabón. Ese es el orden de un día cualquiera. La rutina que te ayuda a fingir una vida normal. No estaba segura de si era ella la que intentaba recordarlo o yo. Laura me parecía tan extraña. Callada y estridente a la vez, como el personaje de una película de Kubrick. Pero tal vez sí que me había contado sobre ella. Algo simple. Aún no sabía si le gustaban más las mujeres o los hombres, pero le encantaba el agua.

–Fresca como un apio –le dije.

Laura me observó. «¿Estará haciéndose también una idea sobre mí?», pensé. Por ejemplo, que tengo alma de *roadie*.

La dejé en la pieza de Manuel y volví para retirar los filamentos de la rejilla del desagüe. Levanté una mata de pelo oscuro y largo, ideal para brujería.

# CONEJOS CANÍBALES

Había invertido varias jornadas *fulltime* –improductivas– en crear mi LinkedIn. Buscar trabajo me da miedo. Por eso acurruqué a Jaime sobre mis piernas, pensé que su calor me animaría. Él mantuvo sus orejas apuntando firme hacia delante a mi relato de desventuras laborales. «Curiosidad», significa en su lenguaje orejil. Pero fueron languideciendo a medida que mis suspiros y tono quejumbroso aumentó. Ya tenía una oreja caída a lo conejita *Playboy*, cuando repliqué: –Igual ahora tengo trabajo, oye, tampoco es que sea una desempleada. Cuento corto: resulta que unas chicas, dueñas de una tienda de pastas artesanales, necesitaban a alguien que les administrara las redes sociales. No es que fuera mi trabajo ideal, pero me preparé, fui a la entrevista y, ¿sabes cuánto me ofrecieron de sueldo? Doscientos. ¡Doscientos euros mensuales! ¡Uhhh, que me reí! Estuve todo el día tonteando. Yo decía: «Doscientos euros..., pa eso mejor dejo de tomar cerveza». O: «¿Cómo las chicas no van a tener una sobrina adolescente que les haga el trabajo por esa cantidad?». Pero ahí me di cuenta: no es tan fácil dejar de tomar cerveza y, en realidad, yo hago ese papel, soy algo así como la sobrina adolescente del mundo. ¡Doscientos euros mensuales! Obvio que acepté. Seguro que me regalaban la pasta vencida... El asunto es que como a la semana me contacta un señor que tiene una heladería. Justo al lado de la tienda de pastas. Las chicas le habían hablado de mí y quería que también fuera su *community manager*. Ahí me entró la ambición, Jaimito, la visión de negocio: ¿y si voy ofreciendo mis servicios por los comercios de la zona? Doscientos más doscientos van sumando. Quizás hasta podía llegar a un sueldo decente. «¡Eso, mierda!», pensé, aquí empieza mi imperio. Voy a hacerme la América con estos catalanes. ¿Entiendes el chiste, «una sudaca haciéndose la América en Europa»? Total, que diseñé un *flyer* y salí a repartirlo. En mi fantasía iba a ser la don Corleone de los *community manager* para tiendas chicas. Pero solo cayó una señora más. Ofreció ciento cincuenta euros. Tuve que decirle que sí... Trabajos de escritora ya no me salen y con los talleres de escritura no alcanza. El sueño se acabó. Lo que me aterra es que, como estoy ilegal sin papeles, no sé qué otro trabajo pueda conseguir. Pero bueno, aquí estamos, Jaime, haciéndonos el perfil en LinkedIn, saliendo adelante. Porque vamos a salir adelante, ¿cierto? Es que cuando era escritora me creía superior, ¿cachái? Decía: «Qué tan difícil puede ser diseñar un currículum comparado con escribir una novela». Y eso que la gente siempre me recordaba: «La realidad supera a la ficción». Yo creía que se referían a los argumentos de las historias, no que me estaban advirtiendo sobre la espantosa competencia en el mundo laboral... ¡Ay, Jaime, buscar trabajo es más difícil que buscar el amor! ¿O será que me falta carácter para las preocupaciones mundanas? Me siento como esos deportistas de alto rendimiento que se retiran y no saben qué hacer con su vida. Claro que, en mi caso, no tengo ni sus millones ni las nostalgias de sus éxitos. Solo estoy hecha mierda...

El conejo dio una sacudida y se me quedó mirando con cara de «Qué quieres que te diga, yo nací en la jaula de una tienda. Jamás he corrido por el campo mientras llueve ni he asistido a un espectáculo de música en vivo para drogarme en las mejores canciones. Soy un animalito agradecido».

–¿Te traigo una zanahoria? –le ofrecí.

Las orejas de Jaime respondieron ofendidas ante mi condescendencia, pero aceptó. Decidí tomarme un descanso de LinkedIn e investigar para mi nuevo proceso creativo. Escribí «Asesinato Barcelona» en una ventana incógnita de Google. Hice clic en cinco noticias.

–No es que quiera matar a Laura, Jaimito. Pero imaginar que podría hacerlo me ayuda a metabolizar la angustia. Como fumar, ¿cachái? O bueno, como me sentía al escribir... Laura al principio parecía la víctima perfecta, como si bastara un empujoncito para arrojarla al suicidio, pero ahora hasta cocina cantando. Así que nada, habrá que fantasear con nuevas opciones. ¿Quieres que te lea los procedimientos policiales para analizar los errores en los homicidios?

El conejo dio paladitas de entusiasmo, pero los casos dejaban mucho que desear. En cuatro de las investigaciones, los sospechosos estaban identificados desde el principio, todos hombres, casi todos feminicidas. Más que descuidos en detalles, resultaban sencillamente estúpidos. Uno hasta se había deshecho de la cabeza de la víctima, su vecino, en el contenedor de basura. Frente al edificio, y en una maleta.

«Mejor te iría analizar novelas de Patricia Highsmith», apuntó Jaime.

–Además, nunca me ha interesado el descuartizamiento.

Leímos los comentarios de esta última noticia. Destacaban por su xenofobia. Más que rechazo a los actos contra la vida humana, irritaba la migración.

113

–Viste, Jaime, por eso es importante no cometer errores. Si me atraparan, los españoles se deleitarían confirmando su prejuicio de que los sudacas somos violentos. Ya estoy viendo el titular: «Tercermundista hostil mata a cuchilladas...». ¡Y qué decir del feminismo! Reconozco que ya era una feminista de segunda de antes, pero no podría deshonrar a mis compañeras así. No puedo avergonzar a la comunidad latina ni fallarle al movimiento feminista. ¿Una mujer asesina? Los íncel harían un festín con la noticia.

Jaimito bostezó, estiró las patas y enseñó sus incisivos de una forma que nunca le había visto, una bastante aterradora. Luego dijo: «Si no quieres implicar a tu comunidad de marginados, deja escrito un manifiesto neonazi para despistar en Reddit o en Facebook, y ya está».

Me quedé con la boca abierta, admirada de su ingenio retorcido. ¿Aló, Donnie Darko?

–Es verdad que los crímenes ideológicos tienen mejor fama que los pasionales, pero... ¿Eso no sería falsear la realidad? ¿Onda inventar una *fake new* para excusarme? Yo quiero matar por amor, no colaborar con la desinformación ni poner en riesgo los estados democráticos.

Sus ilustrativas orejas volvieron a regañarme: «*Fake news*, las historias del *National Geographic* y la evolución del ser humano. El único rasgo que los distingue como especie es la capacidad de mentir. Tú presta atención a lo importante: no deben descubrirte porque no quieres ir a la cárcel. Barras de metal frente a ti, ¿entiendes lo que significa? ¿Tienes alguna idea de lo que es pasar horas, días y meses encerrado en una jaula sin ninguna otra perspectiva de futuro? Usa la cabeza, Javiera. ¡Estamos hablando de cautiverio!».

En ese punto, Jaime comenzó a temblar. Realmente estaba traumatizado con la tienda de mascotas esa. Froté sus hombros para consolarlo y le mostré imágenes de sus parientes en Google, tipo para que se sintiera acompañado. Funcionó hasta que dimos con el video de una noticia espantosa: «Conejos caníbales en Valladolid». En la primera toma, una granja industrial de conejos. Es decir, cientos, si no miles de los suyos apresados en jaulas diminutas y endebles. Luego, conejos enloquecidos, y a menos de cien metros, el culpable: un parque eólico. Por suerte, no mostraban a los conejos devorándose los unos a los otros. En cambio, subrayaban que las pérdidas eran por dos millones de euros.

«Estrés por decibeles... ¡Insólito! –bufó Jaime–. Porque seguramente en esa granja no van a terminar todos los conejos convertidos en paté. Que la avaricia reduzca sus vidas a un sinsentido doloroso y miserable no tiene ninguna incidencia en su comportamiento. Lo que los pone nerviosos es el ruido del parque eólico... ¿Ves lo que te digo?»

–Yo pensaba que en la cárcel una se convertía al cristianismo, no que te volvía caníbal...

«¡Qué! ¡Dios mío! –o algo así dijo Jaime por medio de sus tiernas orejitas–. Entiende de una vez, Javiera. Lo único peor, es la jaula.»

Me lo quedé mirando con dudas. ¿El problema era estar recibiendo recomendaciones de un conejo o de un expresidiario?

–Te prometo que no me van a poner tras las rejas –dije para que los dos nos quedáramos tranquilos.

Entonces entró un correo con una oferta desde Chile. Había sido seleccionada como candidata para un puesto de Coordinación Académica. Primero grité de alegría, llené a Jaimito de arrumacos y froté su patita de la suerte, «¡Esta misma tarde te compro un corbatín!». Después leí de qué se trataba: en realidad, era un reemplazo. Ok, lo entiendo, también soy ese tipo de chica en el amor. Telemático para un instituto profesional que parecía algo así como un *fast food* de carreras técnicas. Ni la más mínima mención al sueldo.

—¿Diseñar planes de estudios? ¿Currículum técnico? Pero si con suerte estudié un semestre de pedagogía. ¿Les mentí yo o los estafadores son ellos por contratar incompetentes?

«No te conozco mucho, Javiera, pero el campo cuántico responde a lo que somos, no a lo que queremos», se limitó a señalar el conejo.

—¡Qué voy a hacer, Jaimito! ¿Trabajar?

El cielo pareció oscurecer y a punto estuve de derrumbarme, cuando entró Laura a la pieza. Su semblante también estaba dominado por la angustia. Después de abrazarse a Jaime y a mis rodillas, propuso:

—¿Vamos a mirar la luna?

En realidad, todavía quedaban unas horas para que la luna se rebelara totalmente contra el día. Así que nos quedamos dando vueltas sin rumbo. Era justo lo que mi «campo cuántico» necesitaba.

—Se ve que te llevas bien con James —soltó Laura después de varios minutos sin responder a mis comentarios anodinos, pero bastante precisos, sobre la temperatura y el estado del tiempo en general.

—Meeh... Es tierno, pero demasiado conversador. Habla hasta por las orejas.

—Ya te digo. Pues... siempre he pensado que las personas solitarias, en el fondo, no es que quieran estar solas, sino que les gusta hacer grupo con otros solitarios como ellos.

—Estarás refiriéndote a tu conejo porque yo soy muy sociable, te diré. Tengo amigos de sobra y de un amplio abanico de nacionalidades, no solo sudacas. Al menos la mitad son de aquí.

–Amigos de sobra... –transformó mi frase Laura, risue-
ñamente ensimismada.

Nos acercábamos a la verdulería cuando vimos a una
señora septuagenaria robarse una bolsa de papas de tres kilos. Pasó junto al exhibidor y, sin detenerse ni apurar el
paso, se la llevó sin más.

–¿Tan caras están las papas o esa viejita está peor que
yo? –comenté a Laura, ya dentro del local.

–Ayer vi a una señora llevarse un aguacate.

–Una palta sí, quién no se roba una palta, ¿pero papas?

–Aquí roban por montones –aportó el vendedor
mientras Laura pagaba sus uvas–. Es imposible estar atento a la caja y a la cantidad de gente robando. Uno pensaría
que no por el barrio, pero cada día hay robos. ¡Todos roban! –y así siguió...

–¡Mira! –le grité con emoción a Laura ya caminando–. ¡La uva es de Xile!

Siempre atenta a la participación estelar de mi país.
Menciones en noticias, canciones de trap, Bolaño, fruta...
El mundo era una gran sopa de letras y yo andaba a la
caza de las cinco que conocía mejor: Chile.

–Puuu... Gente robando, fruta de calidad... Aquí en
Cataluña una se siente como en casa. Hasta presos políti-
cos tienen..., de derecha, ¡pero hay!

Ella soltó una risita desconcertada.

–¿Por qué elegiste vivir en Barcelona? –preguntó.

Laura me caía bien, pero a veces daba la impresión de
que no entendía nada de nada. Por ejemplo, dos días antes le había mostrado una gorra que tenía al subcontinente
sudamericano en todo su esplendor y orgullo. O quizás la
orgullosa era yo, porque ella miró sin mayor interés y dijo:
«Qué es, ¿África?».

Sí que había estado en conversaciones donde amigos
chilenos hablaban de los países en los que supuestamente

habían elegido vivir, como si estuvieran jugando al Mono-poly internacional, o a las quemaditas... Me caían pésimo, pero sobre todo odiaba a los que hablaban de las ciudades como si fueran sus parejas románticas. Si no tenías buenos motivos para haberlas «elegido», entonces debías defender-te o disculparte. Y en el caso de Barcelona, siempre sonaba a ¿cómo pudiste enamorarte de un tipo tan borracho, su-cio e infantil? ¿Acaso eres igual de boba y superficial? Cómo podían llenarse la boca así, cuando ni para el amor aplica-ba ese tipo de razonamiento.

¿Elegir? Si Barcelona no me ama. Ni siquiera me quie-re aquí. «Carcelonia» deberían decirle... ¡ahora no puedo salir!, me dieron ganas de replicar. Pero más vergüenza me daba contarle a Laura que estaba sin papeles, así que con-testé:

—Es que Nueva York no me gustó. —Como si ya no existieran ciudades, sino franquicias.

A un par de metros, justo en la esquina, dos chicas discutían a grito pelado. Una iba vestida con un enterito verde muy *cool* y, al parecer, era dueña del carro de super-mercado donde guardaba el resto de sus posesiones. La otra, unos diez años mayor, también iba vestida muy top y era dueña del aposento que tenían delante, bien destaca-ble en su diseño y construido de cartón. La de verde decía: «¿Dónde está mi dinero?», y el tono de la pregunta ya acu-saba a la otra. La mayor respondía, aún más enfurecida, que por qué se había metido entre sus cosas. La pelea se ponía cada vez peor y le dije a Laura que nos detuviéra-mos a espiar. «¡Dónde está mi dinero!», volvió a gritar la de verde, y entonces no paró de repetirlo.

—Antes yo nunca hacía cosas como esta —murmuré sin apartar la mirada de la riña—. La violencia me pone muy nerviosa, pero Sylvia Plath dice que es importante obser-var a la gente en «situaciones cruciales». Aunque impacten o den asco, hay que mirar hasta que a una se le quede grabado. Para ella es la forma de aprender.

—¿De las locas de la calle? —dijo Laura—. ¿Aprender el qué?

Un año antes, habría dicho «aprender a escribir». Pero como no abría un documento hacía meses, parecería sospechoso. ¿Fermentar la idea de tu descuartizamiento?

—Lo bien que combinan la ropa —improvisé—. La creatividad nace de la escasez. El mejor baterista es el que más sonidos logra sacar con solo una caja, bombo y hi-hat, no el que va agregando elementos y toms...

El ruido indignado de un trueno me hizo callar a tiempo. Entonces estalló otro. Y otro más.

—Sylvia Plath es esa escritora que se suicidó, ¿no? —preguntó Laura con interés romántico.

Mientras subíamos hacia Montjuïc, me lucí con mi irresponsable fascinación por el suicidio de Sylvia y otras poetas de «voluntad furiosa».

—Es cierto que da para aprender... —comentó Laura al rato. Y con los brazos al cielo, que seguía sin llover, gritó exasperada—: ¿Dónde está mi dinero?

—Justo lo que todas queremos saber. —Reí.

—¡Dónde está mi dinero! —gritamos las dos.

Sentí curiosidad por conversar con alguien cualificado. Idealmente, un sicario –una búsqueda rápida en Google confirmó que se registraban profesionales de ese tipo en Barcelona– que dijese frases oscuras e insondables. Un maestro en la aceptación saludable del horror. Ojalá de esos psicópatas que hablan como filósofos, aunque incluso me servía uno con estilo de entrenador financiero. Lo importante es que señalara el umbral hacia un estado de consternación definitivo, estable, y tan real como la rutina. Eso deseaba. Pero una persona como yo solo tenía disponible a alguien como Il Bello: ladrón de poca monta que robaba celulares a borrachos y que en ocasiones, como en la que nos conocimos, hasta tenía que devolverlos. Mi idea sobre él había cambiado bastante desde aquella noche.

Una de las pocas cosas que intuía sobre los criminales era que, a mayor discreción, mayor peligrosidad. Pero Il Bello era un fanfarrón. En Instagram siempre subía historias presumiendo de sus viajes: él luciéndose con la torre Eiffel, panorámicas desde alguna habitación del Vela o haciéndose el gánster sobre su escúter. Cada foto musicalizada con trap y samples de disparos (aunque sí es cierto que guardé algunos descubrimientos en mi Spotify). @Il_Bello, ¿de dónde se le ocurrió que podía ganarse el respeto de alguien con ese seudónimo? Lo más probable es que fuera el apodo con el que lo ridiculizaban y ni siquiera lo entendía.

Con un tipo así, mis expectativas en cuanto a transmisión de experiencia eran más bien escasas. Pero igual estaba nerviosa. No porque Il Bello fuera un ratero, de maldad boba y sencilla, sino por mí. Realmente, no tenía ni la menor idea de lo que estaba haciendo.

Luego, cuando nos encontramos y lo vi, flaaaaaco y tan vigoroso como el elástico de un calzoncillo viejo, suspiré con una mezcla de decepción y tranquilidad. O era demasiado joven o su tamaño cefálico se había estancado en la preadolescencia, pero le daba un aire a personalidad inconclusa. ¡Ni culo tenía!

Fuimos a las terrazas que están frente a la Filmoteca, en el Raval. Durante la primera media hora, lo único que me contó de él fue su nombre: Rehan Rashid. En realidad, al contrario de lo que suponía por su Instagram, era bastante tímido. A tirabuzón le saqué que llegó a Barcelona a los cuatro años. Según él, tenía veintiséis.

Recién se soltó un poco al hablarme de sus ganas de adoptar un perro. Le comenté que para mí las mascotas eran demasiada responsabilidad. «Ya, pero ¿es que tú entiendes lo que es un golden retriever? –replicó él emocionado–. Un perro como ese hace que te cuestiones todo, ¿sabes?»

Me sorprendió su gusto en cuanto a razas. Lo habría imaginado con un pitbull u otro similar que proyectara una pose pendenciera, no correteando tras un perro tan adorable. También me desorientó su nulo entusiasmo cuando mencioné a Scarface y a Pablo Escobar. No es que estos personajes despertaran mi admiración o los tuviera como referentes. Todo lo opuesto, pero creí, prejuiciosamente, que sí lo serían para él. En cualquier caso, lo que

122

buscaba mencionando al par de matones era introducir mi propio drama criminal. Le dije que las preguntas que quería hacerle eran para escribir una novela. La historia ficticia de una asesina. El ardid me había parecido brillante. Prácticamente me creía la Mata Hari, y también me alegraba que ser escritora por fin tuviera utilidad. Pero él comenzó con los cuestionamientos incluso antes de detallar la trama del supuesto libro.

–¿Que los escritores hacen entrevistas? Pues, que yo siempre pensé que se lo inventaban todo, o..., si no, que lo sacaban de su propia vida.

Me dio la impresión de que ahora era yo quien defraudaba sus expectativas. Inesperadamente para ambos, en la práctica de mi propio oficio. Me sentí tan insulsa y negada, otra vez en la escritura, que temí haberme quedado mirándolo con la lengua afuera, como el más inocente de los golden retrievers. Seguro que él también lo notó, porque se apuró a decir:

–Pero bueno, yo qué sé..., yo no leo mucho, ¿sabes? Es que a veces no hay tiempo. Tampoco me puedo quejar, pero esa es la verdad.

Solté una risita tonta, tomé un trago de vermú, y luego nada. Realmente no supe qué responder. Por suerte, tampoco parecía que él sospechara de la mentira. Que lo hubiera decepcionado con mi proceso creativo no ponía en jaque mi coartada para sacarle información. Mejor, de hecho. Si me creía pusilánime hasta para escribir el libro, jamás sospecharía de cualquier otra implicación.

Me concentré en perfilar a la protagonista y su trama de amor y celos. Apenas introducía sus dificultades para llevar a cabo el asesinato, cuando él volvió a interrumpirme con algo inesperado.

–¿Y su papá? ¿Cuál es la historia del padre de tu protagonista?

El prontuario familiar solía incidir bastante, explicó. Era triste e injusto, pero en su experiencia acortaba las posibilidades. Aunque el hijo tuviera apenas siete años, nadie creía que su destino pudiera ser distinto al de su padre, hasta que al final él mismo se lo terminaba creyendo.

Otra vez lo miré boquiabierta. Tanto que me regodeaba contándoles a amigos (a los que pretendía convencer de que fueran mis amigos a base de confidencias) la historia de que mi papá había estado preso, y cuando por fin servía para algo más que seducir con aires de sufrida experimentada, lo había pasado por alto.

—¡Sí! ¡Su papá tuvo problemas con la ley! —solté casi a gritos, dichosa. Por fin abandonaría la espiral del sinsentido para abrazar la herencia de algo más que mi apellido. Entonces él preguntó qué había hecho. Volví a sorprenderme, esta vez para mal.

—Su mamá nunca le contó. Es un tema complicado y la relación entre ellas también es medio complicada... Pero tienes razón. Si mi protagonista descubre por qué estuvo en la cárcel su papá, todas las piezas van a encajar.

—¿O te imaginas que fue por algo muy estúpido como conducir borracho?

—¡Ay, no! Su padre la ha decepcionado en tantos aspectos... Sería el colmo que ahora la defraudara por su falta de méritos en crueldad e indecencia.

Il Bello se puso serio y dijo que tampoco es que un solo acto pudiera definir a una persona, y que hasta los más despiadados pasaban la mayor parte del tiempo sin cometer delitos. Como en cualquier oficio, había de todo: buenos, pérfidos, tontos, inteligentes, unos más introvertidos, otros habladores. Alguno que ponía la cabeza en la almohada y se dormía enseguida, otros que tenían pesadillas con perder dientes.

–No era mi intención generalizar –dije con tono de disculpa.

Él sonrió y sacó su váper. Aunque me sentí desfasada en gustos, vieja en edad, busqué los Marlboro que me obligaba a fumar desde el cementerio. Fue un momento apacible, y también me tranquilizó que dijera que comprendía los reparos de mi personaje para cometer su crimen.

–¡Bua, pues claro! ¿Te imaginas que fuera fácil? No sé, todo el mundo andaría matando por ahí, ¿sabes?, sería una locura –opinó con simpatía.

–Y, entonces, ¿cómo tiene que hacerlo? ¿Qué método le recomendarías a la protagonista de mi libro?

–¿Qué le diría yo? Pues no sé. Desde mi punto de vista nadie sabe lo que puede pasar. Eso es cada uno y lo que Dios le dé. Ahí yo no puedo aconsejar. Pero bueno, hay personas que se ofuscan mucho cuando ven que no pueden... No sé, yo creo que al fin y al cabo hay que currárselo, pero también hay que quererse a uno mismo. La vida te va enseñando cosas, ¿sabes? A veces la gente se confunde, pero tu personaje debería entender que las cosas malas que te pasan a veces no son malas, son buenas, porque te hacen aprender a no volver a pasar por eso. El dolor también puede enseñar, ¿entiendes lo que te digo? O yo qué sé, uno sigue adelante y no pasa nada. Si su novio y la novia de su novio no le aportan nada bueno, entonces que los aparte y ya está. Eso es así. Además, ¿y su madre? Qué va a pensar la pobre mamá de tu protagonista cuando se entere del lío en que se ha metido su hija. Solo la va a hacer pasar vergüenzas, y eso no está bien. Uno es de su hogar y de su familia para siempre, y tiene que pensar en su mamá, porque una madre siempre va a querer lo mejor para su hija. Entonces, es verdad que a veces hay que esperar un tiempo, pero si yo tuviera que darle un consejo a ella, pues nada, le diría que perdone, que lo olvide, que no sea rencorosa.

Aquella respuesta de Il Bello me pareció un poco contradictoria, considerando la cantidad de leyes que se saltaba a diario. Examiné su mirada. Parecía sincera. Incluso el vapor que salió por su boca lo cubrió con una nube más límpida que el humo espeso que brotaba de mi fuego.

Repliqué que no era mi intención ofenderlo, pero que tenía curiosidad por saber cómo lidiaba él con todas esas cosas de las madres y los aprendizajes de la vida, haciendo lo que hacía.

Il Bello dio un vistazo a su *smartwatch*. A continuación, me recordó la noche que nos conocimos. ¿Había tenido un solo gesto de violencia para con nosotros? No. Por el contrario, se había quedado ahí varias horas conversando amigablemente hasta que recuperamos el móvil de Feña que, por si fuera poco, otra persona había robado antes. Él jamás agredía físicamente a nadie. Y además, agregó, su caso era bien diferente porque, al contrario que el personaje de mi libro, él ganaba demasiada pasta.

—Si a mí no me fuera bien en esto, ya lo habría dejao, ¿sabes? No perdería el tiempo.

Quizás notó que estaba a punto de echarme a llorar porque enseguida, y con tono conciliador, propuso:

—¿Y si mejor mata a la tía esa que los echó del piso?

—¿A Tortuga? Nada que ver. Mi heroína solo mata por amor.

—Bua, pues entonces que mate a su chico —dijo como si nada, y saludó con la vista a alguien que pasaba cerca—. Yo no te voy a decir que lo sé todo perfecto, pero tendría más sentido... Es él el que no la elige.

La posibilidad de matar a Manuel me dejó helada, y al mismo tiempo me atrapé asintiendo con la cabeza, misteriosamente. Resultaba una perspectiva tan novedosa que por fuerza debía ser interesante. Digna de ser tomada en consideración. Como había leído recientemente en un ensayo de Louise Glück: «Las únicas iluminaciones son como las de Psique, que no sabía qué iba a encontrar». La cita era tan buena que podría haber sido de un horóscopo. El de mi signo.

En respuesta, propuse ir dentro del bar. Los saludos hacia Il Bello iban aumentando y no podía exponerme a la mirada de más testigos. Protegida en el interior, bajo la semipenumbra y el griterío, afronté la gran desilusión. Conseguir un sicario era bastante más caro de lo que me imaginaba. Para empezar, se necesitaba un intermediario, y solo él pedía diez mil euros por ponerte en contacto con un profesional. La cuota del asesino a sueldo (al que jamás le verías la cara) partía de unos quince mil. Si es que actuaba solo, pero normalmente requería de un par de ayudantes. Cada uno por otros cinco mil. El total aproximado, más que a muerte, sonaba a lo que se gastaría Rosalía en un videoclip. Y evidentemente mi presupuesto era el de una escritora, exescritora.

–Incluso tratándose de un profesional, no hay garantías. O sea, que también tienes que presupuestar futuras extorsiones. ¿Tienes esa cantidad de pasta?

–Yo no quiero contratar a un sicario...

–Claro que no. Eso estoy tratando de explicarte –dijo Il Bello, cordial.

Enseguida agregó que lo que necesitaba mi personaje era ser su propia cómplice. También un revólver. Era más fácil y barato y se le podía arrendar a alguien como él. Era cierto que las mujeres solían recurrir al envenenamiento, pero se veía que ella no era alguien de veneno. Los nervios no le daban para soportar la espera. Fuerza física tampoco tenía, y desarrollar una musculatura acorde llevaría demasiado tiempo. En definitiva, mi protagonista era impaciente, y los revólveres parecían especialmente diseñados para gente así.

Mientras hablaba, fui sintiendo que mis neuronas salían disparadas como palomitas de maíz. Dulces y ligeras como la esperanza. No dejé de agradecerle hasta el final de la cita, cuando incluso insistió en pagar la cuenta. La verdad es que me había preparado para que la noche se alargara en un coqueteo incómodo. Pero antes de irse solo comentó que le había caído bien. Yo y mi heroína nihilista.

Me lo quedé mirando con cara de «¿Eso es todo?». No sé si porque tanta relación abierta me tenía asexual. O que, tal vez, quería un coqueteo incómodo. En ese mismo momento, a menos de una decena de kilómetros, había parejas haciendo el amor en las playas. No en orgías, pero tan cerca entre las rocas que cada tanto alguien podía atisbar los pies desconocidos de otro alguien, según he oído. Pies extraños retorciéndose, intentando aferrarse a la arena, tocándose risueños, y yo en el Raval sonrojada por pedir un besito.

–¿Te acerco a algún sitio? –propuso entonces Il Bello con diplomacia sensual.

Tanto que había criticado los escúteres eléctricos, menospreciando a sus conductores, y ahí iba, abrazada a la espalda del mejor. Il Bello montaba al límite de velocidad, pero no se pasó ningún semáforo. Aprovechó cada luz roja para besar mi boca abierta.

Como despedida, me dio un último consejo: «Fortaleza, crisantemos amarillos y tú misma».

No supe si se refería al personaje de mi novela o es que hablaba en clave porque había leído mi inconsciente. Pero me traía sin cuidado. Tal como medía a los terapeutas: si no había logrado engañarlo, entonces se merecía mi confianza.

–Aflójate la cuerda, Javiera. Que esté tomando tiempo no significa que no esté sucediendo, ¿sabes lo que te digo?

Tú eres escritora, entiendes sobre estas cosas. Para hablar de venganza uno siempre habla en futuro. Y se ve que tu arranque pasional es de largo aliento.

Caminando hacia el departamento, me entró una pena culposa por haber creído que Il Bello no estaría a la altura. Qué tonta había sido esperando hablar con un filósofo, o un mezquino entrenador financiero. Il Bello reunía todo lo que me gustaba en un delincuente y en un poeta. «Sus ojos son como ángeles», me dije para no olvidar. «Pero en su corazón hay un revólver.»

Sangre, amor, destrucción. Decreto que el asesinato es vida y la vida es asesinato. Visualizo la masacre. Soy celos, soy deseo y...

—¡Javi! —me llamó Laura.

Por un instante me perdí en sus ojos. Pero estábamos en la tienda de productos ecológicos a granel. Específicamente frente a unos dispensadores de cartón y junto a una señora con lentes y raíces canosas que delataban al menos tres semanas sin teñir. Por su expresión impaciente, supuse que se trataba de la vendedora.

—¿Ah? —salí de mi mantra.

—Tía, ¿qué champú vas a querer? —dijo Laura.

—Uno sin sulfatos —me apuré a contestar.

La señora dijo con notoria indignación que ninguno de los champús que se vendían en esa tienda contenía sulfatos, y recorrió con el índice una estantería repleta de posibilidades. Pedí el de la derecha.

—Este es para matar piojos.

—¿Para matar? —repetí sin darme cuenta.

—Piojos y liendres, sí.

—¿Un champú para matar? —insistí desorientada y con algo de censura en la voz, como si matar, aunque fuera a piojos y liendres, me pareciera un objetivo incompatible con la idea de tienda comprometida con el medio ambiente.

—Piojos y liendres —puntualizó otra vez la señora—. Normalmente, dan el coñazo... —explicó con seriedad, y se alejó un poco. No sé si pensó que yo tenía piojos o la asustó mi mirada perdida—. ¿Es eso lo que necesitas?

—¡Claro que no! —repliqué como si la sola pregunta me ofendiera—. Nos llevamos el de naranja y miel, *si us plau*.

En la calle Laura no paró de reír.

—No sabía que te iba el Hare Krishna. ¿O es algún rollo provida? ¡Qué culpa tienen los pobres hijos de las piojas! ¡Que alguien piense en las liendres!

Íbamos de camino al Mercat Fresh y, cuando la escuché reírse a carcajadas, cuando vi a Laura divertirse con mi episodio de ensimismamiento e incomprensión absoluta de la realidad, me di cuenta de que algo no iba bien, no encajaba.

Eligiendo los tomates, caí en cuenta de que llevaba demasiado tiempo extraviada en mis pensamientos.

—¡Arghhh! —solté con exasperación porque no podía transformarme en la máquina despiadada que iba cocreando junto a Jaimito.

— ¿Qué pasa, tía? —dijo Laura.

—¡Es que todos los tomates están blandos! —me quejé.

—Pues nos llevamos los cherris —propuso ella con una sonrisa.

—¡Cherris!, ¿que tengo cara de millonaria?

Laura devolvió el tomate que apretujaba mi mano. Tomó las puntas de mis dedos, las sacudió un poquito y, con tono de mimo, dijo:

—Déjame las verduras a mí, ¿vale? No te agobies.

Salí y me quedé junto a las paltas, que también estaban carísimas. En la sala de espera de mis tribulaciones mentales –hecha de paredes falsas, mitad pintadas de blanco, mitad de un lima deprimente–, me senté entre el encarecimiento del costo de la vida y mi descuidado compromiso de cambiar el sistema. Frente a nosotros, el deseo de cometer asesinato esperaba cruzado de brazos y con semblante abúlico.

Matar a Laura. Obviamente, no iba a matar a Laura. Jugaba con la idea, me alimentaba de ella, y a veces su sabor era tan intenso que se me hacía agua la boca y quería más. Entonces, sobrevenía el fantasma de mi lista de fracasos. ¿Que los accesos de ira no operan con autonomía arrasadora? Si el delirio no funciona, ¿por qué tampoco se cansa esta rabia? ¿O era que otra vez mis sentimientos, la única fuente de autoridad que tenía en el mundo, me jugaban una mala pasada? Laura se ríe de mí. Manuel me deja a solas con ella días enteros sin resquemor alguno. Cualquier homicida normal lo entendería como un éxito en su estratagema, pero a mí empezaba a sacarme de quicio. La única que desconfía de mí soy yo misma. ¿Estoy proyectando una ficción que me aterra, o soy tan mediocre que me falta pasión hasta para cometer un crimen pasional? *Sospechosa...* es una palabra bella. Eso sí hay que reconocerlo.

–Hostia, mira a esa señora –dijo Laura al salir con el carrito rebosante de apio.

Seguí la dirección de sus ojos por sobre la canasta de paltas y del otro lado de las papas. Una mujer de al menos setenta años, junto a las cajitas de huevos, miraba furtivamente a ambos lados y con su mano arrugada, nudosa, sacaba uno y se lo metía a la cartera. Me pareció que se producía una distorsión hiperdimensional del espacio-tiempo: nacía desde el huevo cósmico robado, abarcaba a la señora y se detenía justo en el frigorífico que protegía al controvertido cilantro. Parpadeé dos veces.

–¿Un huevo? –grité.

133

–Shhhh... –me ordenó Laura.

Nos escabullimos con cuidado extremo, como si hubiéramos sido nosotras las que cargábamos con tan frágil tesoro. O fuéramos pisando huevos.

–¿Uno solo? –repetí de camino al estanco (hasta el momento, fumar era lo único que me salía bien en la cruzada por alcanzar una versión venenosa y fatal de mí misma: el índice derecho ya comenzaba a teñirse de amarillo por la nicotina y los dientes iban cada vez peor)–. ¿Quién se roba un huevo? ¡Uno!

–A lo mejor le mola lo complicado y está perfeccionando la técnica –reflexionó Laura–, o quizás le hace falta solo uno.

No sé si me inspiró la extraña ambición y minuciosidad de la ladrona, o que justo pasábamos junto a la biblioteca, pero recordé que al sentirme ansiosa tampoco me iba tan mal. Si los científicos y los artistas están de acuerdo en algo, es en que del miedo, ese estado de alerta adrenalínico, surge la creatividad para respuestas insospechadas. Pantera o poeta, el hambre como único mecanismo de supervivencia. Además, los libros siempre me devuelven la fe. No habían servido mucho para desarrollar mi obra literaria, pero quizás pudieran ayudar a crearme una nueva personalidad.

–¿Me acompañas a la biblioteca?

Volvería a dictar talleres literarios, le inventé a Laura cruzando las puertas automáticas, con temática *neo noir*. Y, cuando lo dije, pensé que de verdad era una idea excelente. Así mataba, literal y literariamente, dos pájaros de un tiro. Me llevé un montón de volúmenes sobre mentes psicópatas y personajes escabrosos. En total unos quince. También clásicos como el marqués de Sade, *Macbeth*, *Caín* de Byron y *Más allá del bien y del mal* de Nietzsche. *Eichmann en Jerusalén. Un estudio sobre la banalidad del mal* de Hannah Arendt. Descarté *Crimen y castigo* porque ya tenía suficiente con mi propio autoboicot como para sumarme las aprensiones del relamido de Raskólnikov. Pero sí que me llevé una selección de cartas de Dostoievski. Laura aportó con *Las homicidas*, de la chilena Alia Trabucco. ¿Predestinación o qué? Las *Medeas* de Eurípides y de Séneca serían, por supuesto, lectura de cabecera.

—«En la cocina hay olor a gas» –le leí a Laura mientras tomábamos unas cervezas en la terraza del bar más cercano. Se trataba del epígrafe de un poema de Gonzalo Millán–. Es como si lo hubiera escrito una Sylvia Plath muy masculina, o muy chilena.

Ella rió agitando la cola de caballo que siempre usaba. Yo seguí con la lectura:

—«Estoy echado para atrás en el diván vienés / Cambiado por un sillón de peluquería / Reclinado a voluntad, de acero y cuero, muelle, / Cuando me entero que no dejé a nadie vivo / En mi casa el día que me fui de Santiago / Para convertirme en un fugitivo...».

Luego, el hablante lírico describía, de forma descarnada y poderosamente trivial, cómo asesinó a su familia una noche de verano. Padre degollado, hermanas y madre con la cabeza en el horno. Olor a gas.

Terminé con un nudo en la garganta y Laura llorando. El poema pareció tan real.

Mi primera reacción fue ofrecerle una servilleta y ya iba a cambiar de tema para que se sintiera mejor cuando entonces..., ¡eureka!, advertí que ese era justo el tipo de detalles que no estaban funcionando en mi estrategia. Es decir, si la fantasía era matarla, como mínimo tenía que ejercitar mi crueldad. Algo especialmente difícil para mí porque, hasta antes del funeral de Armonía, me consideraba una persona de naturaleza alegre. Siempre esforzándome por ver el lado positivo de las situaciones o personas, y, hasta en los trabajos más de mierda por los que pasé, terminé reconociendo el aprendizaje de la experiencia o haciendo grandes amistades. Fingí que lo que iba a hacer en realidad con la servilleta era sonarme; me soné falsamente y, proyectando sobre sus lágrimas la mayor cantidad de indolencia de la que fui capaz, me zambullí en las notas del cel para escribir: «No quedarse en los puros pensamientos, trasladar la agresión a la realidad verbal → ser apática. Si los ojos de Laura llueven, los míos irrumpirán con rayos y truenos». A continuación, pedí otra ronda para celebrar mi lucidez.

—Bueno, y hablando de asesinato con alevosía y más muerte... ¿Sabías que en toda la historia de la literatura universal solo hay dos escritoras que dispararon a quemarropa contra sus amantes? Una se llama María Luisa Bombal y la otra María Carolina Geel... ¡Y adivina qué!

Laura me miró con sus ojos rojos, para nada convencidos de querer enterarse de lo siguiente.

—¡Las dos son chilenas!

—¿Ah, sí?

—¡Sí, chilenas! ¡Como yo! ¿Qué te parece?

—Mmm, no sé... ¿Que las escritoras chilenas son peligrosas?

—¡Claro, claro! No, no, no... Intensas, diría yo. Tal vez peligrosamente intensas... Figúrate tú que fue Gabriela Mistral, onda la más heavy de todas, doña durísima, quien pidió indulto para sacar a María Geel de la cárcel...

Y así seguí, contándole sobre la extraordinaria historia de las escritoras chilenas asesinas. Pero con tanto entusiasmo que a Laura hasta se le pasó la pena. Jocosa, terminó comentando lo curioso que le parecía que en Barcelona, la ciudad del poliamor, viniera tanta gente a celebrar sus despedidas de solteros.

—Tía, que deberíamos unirnos y cargarnos a todos esos guiris con camisetas iguales y disfraces ridículos.

Perpleja, observé cómo reía a carcajadas por segunda vez en el día. Justo después corrió un viento helado. Laura se estremeció. Y también vi cómo se soltaba el pelo y se lo distribuía hacia delante para proteger su cuello del frío. Me pareció que su rostro mejoraba significativamente con este pequeño cambio y también me di cuenta de lo mucho que le había crecido el cabello en los últimos meses. Sin duda, el champú de argán que habíamos usado en nuestros baños le había devuelto la fuerza y el brillo. Nuevamente temí haberme equivocado y una congoja inesperada asaltó mi corazón. ¿Sería tan efectivo el champú de naranja y miel por el que me había decidido abruptamente en la tienda ecológica?

La imagen de Laura soltándose el pelo cautivó con su gracia a todos los otros pensamientos malhumorados de la sala de espera de mi mente. Había coquetería en el gesto, pero también era práctico que protegiera su cuello así del frío. De una sencillez despampanante.

Por eso fue tan arduo, un duelo mental a muerte conmigo misma, llevar mi objetivo de malas intenciones hasta el máximo de su rendimiento y atreverme a decir:

–Te ves mejor con el pelo tomado.


De chica me advertían que la ociosidad era la madre de todos los vicios. Algo así como el chicle del camino a las drogas. Esperando que fuera tan cierto como con los azúcares, dejé mis labores de *community manager* a medias y abrí una segunda hoja de Excel. Luego, inspirada por la sinceridad formal de la cuadrícula, enumeré y analicé tanto mis aptitudes como falencias criminales.

*Hacer el mal*, uno de los libros que saqué de la biblioteca, aseguraba que la fórmula perfecta de todo buen psicópata serial, incluía:

1. Imprevisibilidad de comportamiento («ya lo tengo», consigné en Excel).
2. Encanto superficial (¡sí, señor!).
3. Dejarse llevar impulsivamente por la frustración (¿cuándo no?).
4. Facilidad para mentir (check).
5. Falta de remordimientos o empatía (*trabajar en ello).
6. Comportamiento antisocial, egocentrismo y narcisismo (check, check, check).
7. Meticulosidad y ambición (por supuesto, bebé).
8. Adquisición directa de placer mediante el daño causado a otros (pendiente).

Total, que los impulsos sádicos eran mi mayor limitación. Sadismo, no moco de pavo, sino el más fascinante de todos los actos malignos. «Crueldad refinada», como leí que definía la RAE.

Por suerte, el libro también señalaba que había un ingrediente secreto que podía abrir el umbral hacia la malignidad como por arte de magia: consumo de drogas. Cocaína, claro que sí, ¿cómo no lo pensé antes? Una buena dosis de la caspa del diablo lo arreglaría todo.

La propia Laura me ayudó a conseguir con su *dealer*. También a pagarla, porque la cocaína en España es carísima. Con su ayuda y todo, tuve que comprar *speed* para hacerla rendir. A eso le sumaría las tres botellas de mezcal que me había traído de México y mis aptitudes naturales para caer en estados de pánico y disociación. Sin más excusas, me puse manos a la obra y desarrollé un plan de acción metódico para resolver mis falencias.

Iba a aplicarme en el sadismo como si me estuviera preparando para las olimpiadas. Pero como en toda práctica, debía empezar con ejercicios simples. Causarle pequeños infortunios a Laura. Por ejemplo, esconder sus llaves y celular, o mezclar su ropa blanca con la de color en la lavadora. Si se descuidaba cocinando, yo iba y echaba una buena cantidad de sal en la sartén. También tuve que esforzarme en desatender las labores domésticas comunes, porque claro, yo era la asesina, pero ¿quién era la única en el departamento que se encargaba de botar las bolsas de basura o rellenar el filtro para que todos tuvieran agua bebible? En cuanto a las acciones simbólicas, descarté la muñeca vudú y opté por meterle monedas a los bolsillos de todos sus pantalones. Según leí, nueve de cada diez rayos acierta en personas que llevaban dinero metálico consigo. Algo que me costó menos de lo que me había imaginado fue dejarle la tina embadurnada en jabón para favorecer una caída. Pero lo único que logré fue que rompiera la cortina del baño cuando se afirmaba al resbalar. La travesura que cruzó el umbral, y que me tuvo con el corazón desbocado mientras la realizaba, fue dar vuelta una botella de agua en su cama cuando en mitad de la noche se levantó para ir al baño (Manuel se había ido a pasar el fin de semana en Bilbao, a una «okupa de lujo» para tocar con alguna de sus bandas). Los síntomas de resfrío duraron alrededor de cuatro días. Con cada estornudo de Laura, sentí una cuchillada de remordimiento en el pecho, pero al final tampoco cayó enferma.

Siendo franca, percibí el componente de entretensión en cada desafío, pero lo que se dice adquisición directa de placer, no sentí. Noté, eso sí, que verla afligida me producía una emoción particular: una ternura irresistible que se transformaba rápidamente en ganas de apretarla con fuerza o morderla en la mejilla. Conocía el fenómeno, pero buscando en mi bibliografía descubrí que hasta tenía un nombre: *cute-aggression*, o agresión tierna. Este tipo de impulso violento era tan inesperado como difícil de reprimir y surgía específicamente con personas o animales adorables. «Sensación de querer dañar a seres suaves, sedosos y peludos.» Naturalmente, la descripción me hizo cambiar mi objetivo hacia Jaimito.

La verdad es que Laura se lo tomaba todo muy tranqui, y en general nunca se hacía problema. Pese a todos mis esfuerzos, no lograba molestarla. Si perdía la llave, no se ponía a gritar en la puerta que era una estúpida y que se merecía todas las desgracias que le pasaban, como solía hacer yo. Si la comida estaba salada, se pedía otra cosa por Glovo y fin del asunto. Pero si existía una forma de hacerla sufrir, de ser refinadamente cruel, era, sin duda, algo como matar a su conejo.

Por supuesto, eso suponía subir varios niveles en sadismo de forma drástica e ir directamente contra mis valores *cruelty free*. Además, ya le tenía cariño a Jaime. Buscando trabajo, el conejo fue mi referente práctico y emocional, y me encantaba verlo todo paranoico sin razón aparente, o esas patadas chistosas que soltaba cuando lo superaba la ansiedad. Alegraba el hogar, y lo extrañaría. Pero si no era capaz de deshacerme de la mascota, jamás podría ir tras la dueña.

Un día me mentalicé en el asunto, me jalé varias líneas y encargué veneno para ratas al mensajero del demonio, Amazon (en la flecha esa que tiene su logo, entre la A y la Z, no vi una sonrisa, sino la cola de Satanás). El pedido llegaría en tres días, y durante la espera me focalicé con una serie de alteraciones en mis hábitos: bebí menos agua, me alimenté a base de golosinas, café y mezcal, fumé un cigarro tras otro y casi no dormí obligándome a ver en repetición continua *Saló o los 120 días de Sodoma* y las películas más perturbadoras de Takashi Miike. Cuando por fin llegaron las bolitas de estricnina, estaba al borde del delirio. Solo me faltaba introducir las últimas rayas de coca por mi nariz, untar el veneno molido en un plátano e ir por el conejo.

—Jaimitooo —lo llamé al entrar a la sala.

Silencio total, tan alarmantemente tranquilo que hasta extrañé los gritos de peleas que solían provenir del piso de enfrente. En el cielo se veían algunas nubes, pero no las suficientes para la electricidad que percibí en el aire o la sensación de sofoco que me hacía sudar.

Él, perceptivo como siempre, hizo caso omiso y permaneció oculto. Fui hasta el sofá, porque generalmente se acurrucaba debajo. Me agaché y miré como por el interior de una madriguera. Ahí estaba, una cosita suave y blanca temblando.

—Jaimito —repetí con tono infantil, y le enseñé el plátano para tentarlo—. Mira la delicia que te traje.

El conejo se acercó un poco para oler la fruta y luego otro poco hasta pasar todo su cuerpo de la oscuridad a la luz.

Me sujeté la muñeca para disminuir el temblor de la mano. Él brincó con nobleza hasta subirse en mis rodillas, como buscando consolar mi angustia en otra jornada laboral.

—Ay, Jaime —le hablé mientras acariciaba sus orejas con mi mano libre—. Esto me trae un recuerdo viejo, de cuando era chica. En mi población había un vecino. En realidad, no tenía casa, pero también vivía ahí con nosotros. Era como una especie de villano, o representaba la maldad para todos los niños porque decían que era sidoso y aspiraba neoprén en las esquinas y robaba o pedía plata a la salida del supermercado... «El Veneno», le llamaban, por su técnica para matar a los perros. Ocurría que cuando el pasaje estaba muy silencioso, así como con ese suspense de las películas de vaqueros, de pronto todos los perros, al unísono y con la misma rabia, se ponían a ladrar. Y yo sabía, todos los niños sabíamos, que era porque se acercaba el Veneno. A mí me daba terror, pero igual corría a la ventana y medio escondida tras las cortinas lo veía pasar... Jamás me hubiera imaginado que de grande yo haría lo mismo. –Observé a Jaimito, que escuchaba atento. Despedía un olor muy fuerte, a abrazos cálidos y pellet–. ¿Tendría roto el corazón también el Veneno? ¿Quería desesperadamente que su persona especial fuera exclusiva para él? ¿Nadie le explicó que el amor se sobrepone a todas las dificultades y tormentos? ¿Nadie le prometió que todo iría bien? Todo irá bien, Jaime. Tú sabes que te estimo mucho, ¿cierto? Esto... es algo que me veo obligada a hacer. Necesito perder el control para que lo sorprendente se vuelva inevitable. Aquella es la prueba de mi pasión.

Sin dejar de acariciarlo, acerqué el plátano con veneno a su boquita.

–La verdad es que todo es tu culpa, Jaime –me desdije–. Es tu absoluta responsabilidad por ser tan peludo y esponjoso y adorable. Si sigo viva es porque tengo una misión, destruir toda la ternura de la Tierra.

El hocico del conejo ya hacía aguas, pero su ojo derecho se debatía como la gotita inocente que no quiere caer. Y entonces, en menos de un segundo, se zampó medio plátano.

Lo miré masticar y relamerse con mi boca abierta. ¿Éxito?, dudé. ¿Estoy saliéndome con la mía? Triunfando por fin, ¿así de simple? Entonces me subió una risa por la garganta. Y luego rompí a llorar. Corrí por el pasillo con Jaime en brazos. Llorando y después riendo. O las dos cosas a la vez. Abrí el grifo y le lavé la boca y los dientes con los dedos. Luego tomé mi cepillo de dientes y limpié hasta bien por detrás de la lengua. El conejo temblaba de terror. Lo miré a través del espejo y le dije:

–Ya sé, tengo la solución.

Busqué en los cajones, saqué la afeitadora eléctrica de

Manuel y comencé a raparlo. Jaime me tiraba patadas, daba arañazos y mordidas. Una me dio tan fuerte que logró que lo soltara. El conejo cayó en el lavamanos, saltó hacia la tina y de ahí se deslizó hasta que lo tomé por las orejas, bien firme, y lo levanté con mi palma abierta por su rabito. Sentada con él en el váter, continué esquilando con la afeitadora. Parecía entregado a la situación mientras yo le explicaba:

–¿Viste? Ya no voy a tener que matarte, porque ahora vas a ser horrible. Calvo perderás todos tus poderes.

Lo tenía bien rasurado, cuando oí un grito espantoso a mi espalda.

–¡Jo-der!, ¿qué coño...? –o algo así.

Laura me pegó un puñetazo en la cara, sentí una descarga eléctrica en todo el cuerpo, como una sacudida, y ya no supe más.

Desperté en mi cama. Laura estaba a mi lado, con una bola de tela en el regazo. Supuse que era Jaimito. Respiré con alivio. También con mucho dolor en la mandíbula y otras emociones más complejas que de seguro incluían la vergüenza y la confusión. La sensación de estar atrapada.

–Casi me matas –dijo Laura.

Bajé la mirada como aguardando la reprimenda de mi vida, pero ella solo me acercó una taza con manzanilla. En el platito venían dos ansiolíticos.

Dijo que venía llegando del veterinario. Habían tenido que sedar al conejo por el estrés, pero apenas tenía un par de rasguños. Habló con tono severo, aunque repulsión hacia mí no noté.

–Laura... –empecé, pero ella me interrumpió.

–James está hasta los cojones de ti... Dios, no vas a poder aguantar la risa, pero se ve que hasta calvo es mono... Y entiende por lo que hemos pasado. Todo va a salir bien, Javi. Te lo prometo.

143

Noté que llevaba el pelo suelto, y que lo tenía muy largo.

–Laura, ¿dónde está Manuel?

–Currando, imagino..., no sabía si querías que le avisara, pensé que...

–Llámalo. Ahora.

# SEINFELD

En la pared blanca de mi pieza están George Costanza y Jerry Seinfeld. El proyector de Manuel es viejo. Casi obsoleto, tal como sus gustos en sitcoms. Costanza pregunta: «¿Por qué hacen los paquetes de condones tan difíciles de abrir?». «Quizás para que la mujer pueda cambiar de opinión», responde Jerry con una sonrisa burlona. La única que ríe es Laura. A Manuel se le escucha esa respiración sibilante de cuando está nervioso. Ella está acostada por el lado que da a la ventana. Él del otro extremo del colchón, y yo encerrada al medio. No sé hace cuántas horas que vemos la serie que eligió Manuel para «relajarnos». Los capítulos empiezan y terminan sin que lo note. Y aunque Jerry bien podría ser mi modelo de psicópata, el chiste me ofende. En especial porque me recuerda que Manuel me escribió una carta de amor sobre una tira de condones. «Este mensaje se autodestruirá durante el finde», advertía tras un corazón fucsia, hace mucho, mucho tiempo. Además, la serie termina con los cuatro protagonistas en la cárcel, acusados por indolencia criminal. Justo ahora, no parece un buen augurio. Jerry le explica a George que pasa algo extraño. La chica con la que está saliendo «es demasiado buena» y no puede imaginarse teniendo sexo con una mujer que no sea perversa. Había olvidado que malvada también significa eso..., como si los obstáculos no fueran suficientes, resulta que, además de lograr convertirme en asesina, tengo que menear los hombros como una perra sexi. Manuel aspira su inhalador para el asma. Dos veces, profundo. Laura comienza a darme un pequeño masaje en el hombro. Supongo que intenta consolarme porque fui incapaz de envenenar a su conejo. Hasta George Costanza es menos patético que yo, concluyo cabreada antes de levantarme. Incluso siendo un perdedor tacaño logró que su pareja muriera accidentalmente. Laura y Manuel preguntan dónde voy. Con tono de gratitud apocada, explico que a mear, pero camino divagativa por el pasillo. Noto las manos dormidas. Las froto como una mosca tramando alguna asquerosidad y abro el primer cajón. Ordenadas, las armas blancas tienen un aspecto quirúrgico, favorecido de impunidad. Saco el cuchillo mediano y lo escondo bajo el elástico de mi pijama que, al carecer de la firmeza de un cinturón de caza, igual debo sostener con el codo. Lo que sostiene Jerry es una caja de puros. Kramer explica que no son habanos originales. «Producto del Perú», lee la etiqueta en español. «¿Perú? —replica Seinfeld—. Pagué trescientos dólares por ellos. Pude haber comprado una casa en Perú por trescientos.» Laura propone que nos mudemos todos para allá si es así de barato. Manuel suelta una risita. Desde la puerta proyecto mi desprecio sobre ello en resolución Ultra HD. También me asalta una duda: «¿Es mi idea o a Laura se le está pegando hablar como chilena?».

Pido a Manuel que se mueva al centro de la cama con pequeños empujones perrunos. Acomodo el cuchillo en mi entrepierna. El filo apunta del otro lado de mi vulva, pero mis labios besan el acero. Siento frío y curiosidad por saber qué trama mi mente. Por un lado, y sin miedo a sonar arrogante, estoy bastante segura de haber alcanzado un límite de delirio alarmante. El necesario como para perder el control y lanzarme sobre Laura y asestar cuchilladas en su tórax como una bestia enajenada. Pero también cabe la posibilidad de que mis síntomas –este calor sofocante, los hormigueos y palpitaciones– simplemente se deban a la cercanía del cuerpo de Manuel. Hace tanto que no culiamos que estoy pensando que, si no hago que ocurra ahora, no sucederá nunca. Una de dos, o mi euforia deriva en tirarme sobre él por pura perversidad caliente. O bien, termino sobre ella con perfidia homicida. Puede que ambas. Pero de que me trae sin cuidado no contar con mucha experiencia en tríos y en asesinato en tercer grado, ni dudas. Necesito quitarme la virginidad, con alevosía, y comienzo mi delito flagrante con bostezos sonoros. Apoyo mi cabeza en el hombro de Manuel, cierro los ojos, relajo mis músculos a peso muerto. Finjo quedarme dormida ralentizando mi respiración y hasta doy esos pequeños espasmos que vienen desde el sueño. Luego, y con más precisión que disimulo, busco la entrepierna de Manuel. Basta que mantenga la mano abierta sobre su pene para que se ponga duro. Me cuesta un esfuerzo enorme no suspirar de alivio y felicidad. Lo mismo con su glande sin prepucio, que me muero de ganas por acariciar tiernamente bajo la bermuda vieja y suave que usa de pijama. Cuando él acelera su respiración, siento pánico por que quiera tocarme y encuentre el cuchillo, pero me mojo todavía más. Laura pregunta si me quedé dormida. Aprovecho que murmuran para retirar el cuchillo de mi vagina. Aunque no sea de sangre, me complace sentirme empapada y dejo el arma cerca. Puñal o verga, la decisión sigue en mis manos.

–Pobre... –dice Laura sobre mí, a voz baja.

Mi mano se aferra al pene de Manuel con apego ansioso. Frota, como si fuera mi amuleto de la suerte, la lámpara de los deseos. No sé si es que Laura se da cuenta, o que él me traiciona, pero pronto siento otros dedos delgados cerca. La mano de Laura me busca para jugar, y yo me alejo. La rechazo, primero con alarma, después haciéndome de rogar; mis dedos en actitud victoriana de «mínimo tienes que escribirme una carta de amor sobre condones». Los de ella insisten hasta que me dejo. Al entrelazar mi mano con la de Laura, la piel se me eriza igual que cuando me culean de boca al suelo y me gusta mucho. Nuestras manos se aparean sobre el pene de Manuel como si simplemente fuera una alfombra donde revolcarnos. Las descargas eléctricas me sacuden la cabeza a cada contacto y ya no sé si quiero ir libre en todas direcciones o si estoy enganchada a la cerca eléctrica que me prohíbe el paso con su voltaje delicioso. Manuel debe notarlo porque decide acariciarme la nuca a contrapelo. Laura se arrima a él, yo la imito, y entonces, casi a un mismo tiempo, le metemos la mano por dentro de la ropa y se la quitamos hasta dejarlo calatito e indefenso. Nos divertimos a costa de él un buen rato, pero cuando entramos en acción los tres, todo se vuelve complicado, torpe e incómodo. Las risas grabadas de *Seinfeld* aplauden nuestras chaplinadas corporales. También nos reímos y tampoco me importa mucho la descoordinación cuando estoy así de enajenada por hacer tope con algo. Pego mi cabeza a la espalda de Manuel y lo impulso hacia ella. Entonces escucho sus besos. Soy una militante de los besos y los suyos suenan riquísimos. Los celos me calientan más. Acaricio la barriga de Manuel, ay, porque me gusta tanto. Sopeso sus nalgas hacia arriba varias veces. Pego mi vulva contra su culo tibio y comienzo a refregarme, casi con alegría, mientras toqueteo los pezones de ambos.

–Abre la boca –ordena Laura a Manuel–. Saca la lengua. Más.

Son las mismas palabras y tono autoritario que él usa conmigo en el sexo. Por supuesto, tampoco es que sea una

demanda muy original, pero si Manuel se comporta conmigo como Laura con él, ¿a quién interpreto yo? ¿Estaré tomando el papel de Armonía, u otra vez es ella la que se está apoderando de mi cuerpo? No sé y no quiero opinar. Mi boca ahora mismo parece haber sido diseñada solo para absorber partes del cuerpo implicadas en culiar. Me siento abyecta y animada. Con deseos de protegerlos y luego de ahogarlos. Manuel se gira hacia mí. Despeja mi cara. Retiene mis muñecas con fuerza y desde arriba advierte:
–Ahora vas a estar tranquila, ¿no?
El proyector reproduce imágenes en su pecho: Tom's Restaurant, en la esquina de Broadway. Centra mi cuerpo y separa mis manos hacia cada lado. Con los dientes me sube la polera por encima de las tetas y es él quien termina encima con ganas de matarme a fuerza de que nuestros pezones se rocen. Entrecierro los ojos. Saco la lengua, aunque nadie me lo ordena. Quiero babear. No sé si estoy demasiado lúcida o demasiado ida, pero la angustia, la soledad y la vergüenza desaparecen. Si ahora mismo estuviera amenazada, encarcelada y humillada, no me importaría. Bajan mi pijama hasta sacarlo del todo, separan mis piernas. No sé a quién pertenece la mano, pero me da en el gusto con mi paja favorita. Un dedo entra y sale. Índice y pulgar se concentran en mi clítoris mientras las voces en inglés dejan de hablar y de reír. Manuel salta hacia otro lado del colchón.
–Oye, pero qué.
No grita pero sangra. Nos enseña el cuchillo con el que acaba de herirse. Sangre. Su expresión es una mezcla de susto y asombro, como si le hubiera llegado la regla por primera vez. Proyectada sobre las tetas de Laura, la imagen se ha ido a negro. Netflix pregunta si seguimos ahí.

# TOXIC BITCH

Laura agarró mi *Diccionario de mitología griega* y leyó, al azar, sobre venganzas, ataques de celos fulminantes y metamorfosis de cuerpos humanos en flores de Jacinto, ruiseñores y una isla de conchas. Teletrabajaba para una empresa holandesa. En programación o algo que sonaba así de necesario. Sin compañeros de oficina, supuse que extrañaba chismear. De los mitos, pasó a contarme sobre las transformaciones de su fallecida madre.

–Cuando se echaba a tomar sol, se plantaba rodajas de tomate y Coca-Cola por encima. ¡Se hacía de todo! Quería ser rubia y morena al mismo tiempo. Yo la miraba y le decía: «Mujer, lo que tú quieres es ser una Toxic Bitch».

Era viernes y esa noche, a excepción de Jaime y mi malvada y aburrida persona, todo el mundo salió a las fiestas de Sants, o de Gràcia. No sé, alguna de las tantas de esta ciudad-kermés. Escindida del paso del tiempo, deducía que era fin de semana por mi soledad. En cuanto al clima, fenómenos meteorológicos únicamente en mi interior: vientos impredecibles, borrasca con nombre de mujer. Total, que me fui a acostar con una dosis triple de valeriana, ansiolíticos y el primer tomo de la saga de Diana Wynne Jones. La misión era que aquel mundo fantástico, con su mago fascinantemente engreído, su sombrerera fracasada y bruja del Páramo, apaciguara mi inconsciente cada vez más literal. Pero las frases de la novela parecían querer acosarme. «Howl se compra ropa carísima, porque dice que nadie querría contratar a un mago con pinta de no ser capaz de ganar dinero con su oficio.»

Desperté a la hora del lobo. «Señorita Javiera –me llamaba una voz–. Señorita Javiera.» Supe que era la muerte. Salté de la cama y lijé el resto de la noche arrastrando mis pantuflas por el piso flotante del departamento. Percibí una sombra tras mis pasos y pensé en el fantasma de Armonía. En realidad, quise que se me apareciera y fui al único portal esotérico que tenía a mano, el espejo del baño. Me aterró lo que vi: una mujer envejeciendo en pijama. Pero lo más cercano a un espectro fue mi camisola, que transparentaba por tantos lavados. Lo que ocurrió después fue que brillaron unos ojos de color rojo demonio en la oscuridad. Jaime, espeluznantemente calvo, y destruyendo el cable de mi computador a mordidas. Pegué un grito, él embistió en mi dirección. Mientras arrancaba, presentí que el universo intentaba enviarme un mensaje. Tomé uno de los rotuladores acrílicos de Manuel y mi chaqueta de ecocuero. Sobre la espalda, con letras blancas enormes, escribí: SATAN SAID DANCE.

Pocos días después, Il Bello me obligó a matricularme en un gimnasio. En Barcelona ningún negocio compite con los bares en la cantidad de locales por cuadra, pero los centros *fitness* deben encontrarse indudablemente en el top *five*. Y eso, aparte de residentes alcohólicos y vanidosos, significaba miles de casilleros disponibles en camarines sin vigilancia, según comentó Rehan (como llamaba ahora a Il Bello con confianza): «Te sorprenderías de las cosas que esconde la gente ahí». En mi caso, se trataba del revólver que me iba a arrendar. «Sí, estoy muy sorprendida», admití. El

152

arriendo del arma duraba treinta días, igual que los libros en la biblioteca. Para no levantar sospechas tendría que entrenar. Pese a que había llorado en diversos lugares públicos, pensé que nada sería tan patético como llorar en un gimnasio, ejercicio al que principalmente me dediqué la primera semana, además de fortalecer espalda y brazos. Pero resultó que ni se notaba. En las máquinas todo el mundo tenía cara de sufrimiento, las lágrimas pasaban por sudor y hasta los pósteres motivacionales te lo exigían: SENSE DOLOR NO HI HA BENEFICI. El camarín de *dones* apestaba, pero no a pólvora. La tarde que me atreví a abrir la taquilla, tuve que esperar a que dos señoras terminaran de cambiarse y conversar. Tardó un buen rato. El candado, ridículamente mediano. La clave, tan simple que me recordó el bus que tomaba para ir al colegio, 201. Ahí me esperaba el revólver, envuelto en una toalla de microfibra.

–No pesa tanto como recordaba –fue lo primero que le dije a Rehan.

Esta vez, el sorprendido fue él.

–Jugaba con el de mi papá cuando era chica. Aunque lo que me gustaba eran las balas. Creía que eran de oro.

–De esas también pillas, eh –comentó él.

–¿Por qué sigues ayudándome con mi investigación? Había imaginado respuestas. Mi preferida era algo como «Somos incomprendidos» o «Llegado el momento, sé que harás lo correcto». Rehan sonrió tímido y, con el encanto bobalicón que irradiaba, dijo:

–Por la pasta.

«¡Necesito trabajo!», quise replicar. En cambio, pedí consejos. Aparte de practicar mi puntería y no dejar el entrenamiento físico: dormir con el arma hasta que mi cabeza se acostumbrara a ella como a una almohada. Otra cosa importante era no respetar las filas. En el supermercado, en la barra de un bar, en Extranjería. Donde fuera y por el medio que fuera.

–No buscas molestarlos ni tienes nada contra ellos. Es simple: tú no haces filas.

Su última recomendación fue no juzgar tanto a las personas. Él recién comenzaba a practicarlo y le costaba un montón y había con quienes no podía ni esforzándose. «No, imposible. ¿Por qué? Porque son malos.» Su afirmación me impactó. Siempre me he negado a pensar así. Para mí la gente se equivoca. Confío más en el error que en las personas. «Si parecen retorcidos y violentos es porque son retorcidos y violentos –insistió él–. Se nota. La peña es muy obvia o este mundo es muy uniformado, ¿sabes?»

Entonces fue cuando el mensaje del universo hizo clic: *Son las personas superficiales las únicas que nos juzgan por las apariencias. El misterio del mundo es lo visible, no lo invisible.* Observé a Rehan. Pelo y barba al punto. Perfume Sauvage, de Dior. Lo sé porque lo usaba un ex que vendía eme y también es un aroma que se repite bastante en la calle. ¿Se había delineado los ojos? Costras de heridas en la palma de las manos, cuando las busqué.

En fin, que, tras tanta lectura y entrenamiento práctico, quedaba *la forma*: mi transformación visible en esa mujer indómita que asesinaba a sangre fría. Dejar los pijamas. Todo apuntaba a una *femme fatale*. Es cierto que se trata de un lugar común, uno ideado por hombres. Pero bueno, si de algo saben los hombres, es de violencia gratuita. Por otra parte, nada más cliché que querer romper con los clichés. O, si ya iba a caer en el cliché supremo de matar por amor, entonces mejor caía en todos y a lo grande. Entre el psicópata de piel grasa que hace caca sobre la alfombra de sus víctimas y una vampira ávida de sangre tibia, prefería a esta última. En especial considerando lo mucho que me había costado regularizar mi tránsito intestinal, y en mi propio baño. Ya me había demostrado que podía fumar como la mejor *femme fatale*. El único problema era el trabajo que me costaría dejar de andar toda encorvá y sacar pecho. No parecer desesperada, sino segura y misteriosa, sensual.

–Bueno, también están las de ese tipo. La *femme fatale* encorvada –opinó Laura, tomándose muy en serio el cambio de *look* del que le hablé.

Si los villanos de las películas enseñan algo, es que la maldad es calva. Con un afeitado a cero, ahorraría tiempo, dinero y quizás hasta me congraciaba con Jaimito. A sus ojos sería como una de esas madres valientes que se rasuran por sus hijos con cáncer. Laura se opuso tajante y me ofreció dejar el cambio en sus manos. Para seguir con el lenguaje capilar, no me pareció una idea descabellada. Tenía experiencia gracias a su madre. Además, yo estaba pensando en un estilo punki, tipo el cómic de *Tank Girl*. Es decir, el tipo de delincuente explosiva de la que se enamoraría Manuel. En cambio Laura dijo: «Chándal negro Fila, talla XL». Como accesorios me pasó una gorra blanca igual de inocua y unas gafas de rectángulos diminutos. Ropa de entrenamiento de Armonía, como admitió lacónica al rato (bastante *creepy* la verdad, pero a la altura de mi delirio).

–¿Entiendes? –explicó–. Para este tipo de *outfit*, lo fundamental es la actitud. Tú tranqui, sin más. Incluso si te dan un premio literario de esos con los que sueñas, no se te mueve un músculo. Estabas al tanto de tu excelencia desde antes. *Unapologetic.*

Dudé. Asesinarla con un aspecto de su gusto ¿sería perverso o un detalle considerado?

Tomamos cava para añadir un toque glamoroso al día de tinte y corte. Fumamos escuchando «Cruz de navajas» de Mecano, «Tengo una pistola» de Christina Rosenvinge, «Maldigo al alto del cielo» de Violeta Parra.

155

–¿Y por qué una *femme fatale*? –quiso saber–. No es crítica, eh. Me encanta el concepto de «criptolesbiana acuchilladora de hombres».

–Es que justo necesito dejar de preocuparme por entender qué significa, ¿cachái? No quiero defenderme ni justificarme. Ni interpretar lo que siento. Quiero ser un medio. Hacer, no decir. Pararme frente al espejo y percibir que soy lo que soy. Y ya –dije, omitiendo otra vez el detalle de asesinarla, pero bastante sincera en general.

–Ya... –contestó ella con un tono borracho y oscuro– yo también estoy cansada de fingir.

Sobrevino un silencio incómodo. De mi parte tomó la forma de «ay, la pobrecita, gana tres mil euros y se siente vacía...». En Laura se representó por su necesidad de romperlo con la pregunta:

–Tú no tienes mucha experiencia en tríos, ¿verdad?

Sobre el cuchillo que cortó a Manuel la noche de *Seinfeld* ni siquiera tuve que justificarme. El caos habitual de mi pieza unía forma y fondo amenazante, en coherencia plena. En cuanto a nuestro trío, aún carecía de explicación. Por suerte, los únicos que se molestan por resolver sus historias en la Tierra son los fantasmas. Para los vivos, dejar pendientes por ahí representa el elixir mismo de la vida.

–No te voy a mentir: canas, líneas de expresión inevitables, pero experiencia, lo que se dice experiencia..., casi en nada. ¿Será que en el fondo soy conservadora?

–¿Conservadora tú? ¡Qué va! Eres demasiado curiosa, y además... te faltarían las convicciones, ¿no? Aunque sí es verdad que eres bastante dependiente de los hombres como para no querer ser una esposa... Armony me contó que eso le dijiste la noche del *after*, y otras cosas de que ¿querías ser una paloma?

–¿Estabas más enamorada de ella que de Manuel? –pregunté para esquivar el recuerdo de esa madrugada.

–Yo no me enamoro, yo practico –respondió Laura con naturalidad, y tras una pausa–: Sabías que era psicóloga, ¿no? Armony. De verdad le interesaban las formas alternativas de amor, y bueno, también era parte de su negocio... como hacemos todos –añadió, mientras revisaba el estado de mis raíces con suma delicadeza–. En sus horas libres curraba con grupos de mujeres maltratadas. Tragué saliva. Me sentí tan intelectualmente irresponsable. Boba, con ganas serias de preguntar: ¿el amor respeta las filas o se las salta? Entonces llegó Manuel. Al estilo pavloviano, reconocí la vibración discreta de sus pasos. Y su indecisión al detenerse a medio camino. Nos saludó con la mano, tosió –exageradamente– por el humo. Escuché que aspiraba de su inhalador y que volvía a salir.

–Y este... –soltó Laura enseguida–. ¿Es que ahora trabaja doble turno o conoció a una nueva?

–¡Qué! La mato.

–Pfff... Tendrías que matar a media Barcelona.

No sé si fue el amoniaco que tenía en la cabeza, o los celos, pero me empezó a arder todo el cuerpo. ¿La transformación ya comenzaba a hacer efecto? Luego, cuando estuve lista, el espejo me devolvió una imagen desconcertante. ¿Quién era esa mujer? ¿La cómplice de expresión mordaz que necesitaba?

Pelo negro azulado. Corte recto, sobre los hombros. Aparte de eso, no percibí ningún poder o descaro magnético que pudiera conducir a los débiles al desastre. Solo ganas de prender un cigarro. Qué parecía, ¿un caniche disfrazado de tenista? Independiente de la raza, una perra es una perra, intenté convencerme... Por otro lado, un nuevo estilo ¿no iba precisamente a delatar mis intenciones? La manía persecutoria desplegaba sus alas como un ángel de Victoria's Secret, cuando Laura apareció en el espejo.

–¡Hala! –exclamó tras de mí–. Si las miradas mataran...

Solté la risita tonta de mi antigua yo. Un instante después, la *femme fatale* se apoderó de mí. Atrajo mentón y hombro, enigmáticamente. Y desde ahí le dirigió a Laura una mirada fría. No hostil, pero altiva, como advirtiendo: cuidado con lo que deseas.

Fuimos a celebrar mi metamorfosis a Bitter. La *femme fatale* debía seguir al mando, porque me gasté todo el presupuesto de la semana invitando cócteles. Alcanzó para dos rondas, pero las pedí con contundencia. Laura también parecía distinta. Susceptible, no por celos de una posible «otra» de Manuel, acaso molesta por que hubiera superado a Armonía tan rápido, ¿o envidiosa de no poder lograrlo ella? Se notaba que había perdido toda noción de qué los unía. Ese tipo de rencor, podando. La celópata era yo, pero aproveché sus resquemores para ensayar futuros interrogatorios de la policía. Como quien recuerda las tablas de multiplicar, y con desvergüenza de influencer, volví a perorar sobre vínculos, gestión de los celos, colectivización de los afectos:

—Es cosa de sentarnos los tres y analizar qué está activando los miedos e inseguridades —afirmé la mar de tranquila.

—Preferiría que fuera infiel... ¡Cuánta pereza!

—A lo mejor es su forma de enfrentar el luto.

—¿Luto?, ¿cuándo estuvo de luto?

Lo cierto es que solo conocía a Manuel en proceso de duelo. Primero por su mamá, luego por Armonía. ¿Todo

159

mi deseo no había sido más que consuelo utilitario desde el principio? Incapaz de responder, me largué a lloriquear.

–No vale la pena, es un aburrido –repitió Laura–. Un hombre de cuarenta, cuyo único aspecto interesante es ser no-monógamo. Eso y robar vasos de cerveza en bares para *su colección*.

–Igual sigues durmiendo en su cama –repliqué.

Ella entrecerró la vista y sonrió.

–¿Quieres que me vaya?

–Me gustan los vasos... uno tiene una grulla –admití y luego, para responder a su verdadera pregunta, negué con la cabeza y acepté los cócteles que invitó.

–¡Qué vas a sabes tú dónde paso yo las noches! –insistió ya bien borracha, y terminó prometiendo–: Yo de este barco llamado libertad me bajo, ¿eh? Si tengo que morir de amor, que sea en el *Titanic* –o algo así en balbuceos.

–Porque irías en primera clase...

Desperté con una resaca de sospechas. ¿Y si Laura lo hacía a propósito? ¿Alimentar mi odio contra él para librarse de que fuera tras ella?

No tuve tiempo para investigar a fondo. Manuel mismo me corroboró que sí, había conocido a Gracia.

–Aún no sé bien qué tenemos, quizás solo amistad... –aclaró como temiendo herir mis sentimientos, y volteó su hamburguesa en la sartén.

«¡Ni siquiera estamos hablando sentados!», quise gritar. En cambio, pregunté:

–¿Pero aún me quieres?

A modo de empate, dije que estaba saliendo con Rehan y salí a fumar al minibalcón. Gracia tenía que llamarse... ¿Es que me sorprendía realmente? Al menos si el reemplazo de Armonía fuera una simple María. También habría ayudado que Gracia no hubiera sido tan guapa. Para no culparme por ser tan superficial en mi criterio de celos. Pero no pensé en un pódium para la medalla de oro, plata y bronce, sino en las tres Moiras y en las tres Fieras. En que tres son los deseos que le pides a un genio, y el número con el que accedes al club de asesinos en serie. Manuel vino hasta el balcón solo para poner cara de asco y cerrar el diminuto espacio que quedaba abierto en la ventana. Que yo fumara –o mi aventura con Rehan– no le hacía ninguna gracia. El portazo que dio al encerrarse en su pieza hizo que Lorenza levantara la cabeza de TikTok: «El papá anda insoportable». El inventario de condones presentó modificaciones: marca Durex y sabor fresa. ¡Puaj! Hurgar en su computador quedó completamente justificado. Ahí encontré lo realmente espantoso. Primero un pasaje a Lima para dentro de un mes. Luego, una especie de diario de vida escrito en los borradores de email. El formato de «correspondencia sin enviar» me pareció poético. Pero el exceso de signos de exclamación para confesarse a sí mismo el error de invitarme a vivir con él en «SU piso» se me clavó en el cuerpo como alfileres, estacas, barras de hierro forjado para cavar terrenos duros. Dolió tanto como recordaba que dolían las infidelidades. Me puse a llorar, obvio y de pronto internet se volvió amenazante, tan amenazante como el miedo infantil a la oscuridad, de una angustia nostálgica. También fue una sorpresa estar así de preparada para afrontar la desesperación; ya tenía un arma. No fui por el revólver, jugué con las balas. Tirada de estómago en el suelo, tal como hacía de niña con las de mi papá. Habían perdido el brillo de entonces y aunque vi en su forma una tiza, no escribí ningún nombre en el suelo.

Tormenta opinó que entonces debíamos matarlo a él. Tormenta, así se llamaba mi cómplice. No es que me hubiera chalado, pero tuve que inventarme un alter ego porque esto de ser malvada a tiempo completo puede ser muy solitario. Sabido es que todo villano necesita un secretario, su Ígor. Por lo general se trata de enanos deformes y estúpidos, pero eso es solo porque un hombre se sentiría muy amedrentado con un ayudante que le hiciera el peso. No es mi caso. Yo puedo luchar contra otra mujer por amor, pero si de trabajo se trata, necesito admirar sus capacidades. Tormenta tenía un CV inmejorable: expiloto de la Fórmula 1 y millonaria.

De rostro le asigné el de Armonía, ya que al parecer era la única a la que seguía doliéndole su muerte... Además, como buena representante de la clase media, yo creo en la ciencia, no en fantasmas. Una nueva versión de ella (entre *cyborg* y *doppelgänger*) me permitía homenajearla y traerla a la vida. Recibir sus consejos. Armonía, alias Tormenta, *As above, so below*, y en circularidad perpetua.

Imagina que estás en una barra y escuchas a alguien convenciendo a un grupo de que «no va a matar a nadie». Entrecierras la mirada con sospecha de inmediato, ¿no? Así era el bar del pueblo de mi mente. Te acercas con tu copa, como para airear un poco la conversación, y le dices, pero ya no suena tan onírico, metafísico o teórico. Torturaste a un conejo y duermes con un puto revólver como almohada. Ella se gira, te mira intentando adivinar de dónde te conoce, y sonríe: «Profundizar en la muerte me atrae como ejercicio de disciplina. No digo que el asesinato sea una causa sagrada, portentosa. Pero de trivial no tiene nada». «Mmm... –podrías responder–, no sé si me lo creo.» Pero resultaría una situación peculiar, llamativa para el grupo que las observa, y además, ¿quién convence a nadie en un bar? Así que te alejas. Prefieres evitar las coincidencias. Porque eres una persona civilizada, aunque explicártelo ¿no sería peligrosamente parecido a lo que hace ella? Dudar de ti misma no es un crimen, ¿o sí? No esperaba una última señal. Solo ocurrió que Laura me despertó en medio de la noche.

Aún estaba adormecida cuando tomamos el taxi que nos llevó a un edificio alto, cerca del Fórum, y bajamos al estacionamiento. El auto que señaló como suyo daba pena. Por la película de mugre, parecía recién salido del Rally Dakar, o de una gincana de harina y huevos. En cualquier caso, derrotado de la competencia que fuera. Rayones, parachoques con bruxismo, focos ojerosos. Dentro, ropa revuelta e inmundicia. Envases de material compostable, pero demasiados.

Pese a lo que proyectaba su auto, Laura conducía bien. Tan uniforme y ligero que casi no delataba su imprudencia en velocidad. O su aliento alcohólico.

–Y esto de manejar a las cinco de la mañana... ¿lo haces muy a menudo?

–Cuando estoy nerviosa.

–Si tuvieras que convertirlo a medida de pétalos de flor, ¿dirías que eso es mucho, poquito o nada?

Sonrió sin quitar la vista del frente. Esto y el nombre de una playa como destino fueron sus únicas interacciones. Una hora después salió de la carretera para entrar a otra más pequeña, y luego a un pueblo. Dio vueltas por una calle y otra hasta que las fachadas y los postes de luz se hicieron cada vez más espaciados. Cuando las muestras de desarrollo posindustrial quedaron reducidas a las líneas blancas del camino, me preocupé y dije:

–Laura, ¿dónde estamos?

Ella bajó su ventana al máximo y preguntó si quería ver un truco.

–¿Un truco? ¿Cómo «un truco»? ¿A qué te refieres con un truco? –repetí tontamente. Comprobar que tenía el cinturón de seguridad puesto solo me hizo sentir aprisionada. Temí que fuera a pisar el acelerador, pero hizo todo lo contrario: puso el cambio en neutro y apagó el motor.

El coche no se detuvo y Laura me observó expectante

mientras seguíamos avanzando. Pregunté cómo podía ser que el auto siguiera en movimiento, según comprobé, a unos setenta kilómetros por hora.

–Inercia –dijo ella, y enseguida se quitó el cinturón y comenzó a salir por la ventana.

Su impulso, tan rápido, sólido y extrañamente encantador, me dejó muda. O el grito quedó ahogado por la ola en la que ella pareció montarse. Mi vista saltó al volante, que titubeaba un poco, como desconcertado ante su repentina soledad; acaso perplejo por su reacción tan estable y firme. Como fuera, tomé el manubrio enseguida. Llamé a Laura, ahora sí, a gritos. No respondió, pero pude percibir el peso de su cuerpo en el techo. En el panel, la velocidad permanecía constante, ni lenta ni rápida.

Pensé cambiarme de puesto, pero temí alterar la dirección con el movimiento y que Laura saliera volando. Luego comprendí que como piloto tampoco tendría muchas opciones. Qué pensaba hacer ya ahí, ¿frenar de golpe para que Laura, con absoluta seguridad, saliera disparada por el aire? «¡Por la chucha, Laura!», volví a gritar. El silencio del motor daba miedo. Y también comencé a temer que mis gritos pudieran desestabilizar el rumbo. Mi respiración se volvió peligrosa, mis pensamientos. Hasta tropezar con el vacío parecía una amenaza. Laura siguió sin hablar ni moverse. Entonces me di cuenta de que solo podía esperar. No es que lo considerase mi mejor opción, era la única, pero decidí tomarla en su grado más voluntarioso. Esperé, y todo lo que ocurrió fue que pasaron los minutos. Unos cuantos y luego varios, hasta que la velocidad comenzó a disminuir. No sé si perdí el miedo o las esperanzas, pero no me sorprendí al ver que por el parabrisas aparecía una pierna, manos y toda Laura deslizándose. Una vez sobre el capó, avanzó de culo por el metal hasta el borde. Sin volver la vista, abrazó sus rodillas y se quedó mirando como desde un precipicio.

Dirigí mis ojos del asiento vacío al panel de velocidad, y otra vez hacia Laura. Solté el volante y me acomodé. Un escalofrío agradable me recorrió la espalda al verla ahí adelante, tan indiferente que parecía tranquila. La noche se iba desvaneciendo y ella también. O esa sensación de desapego me transmitió. Pensé que se parecía a un paisaje por el que está saliendo el sol, a algo inevitable –nadie puede luchar contra el amanecer–, y por un momento también dejó de preocuparme quién era yo. El tiempo se deslizó por la superficie. Laura saltó con el auto aún avanzando, suave, hasta que se detuvo. Cuando la vi acercarse por el espejo lateral, la opresión en el pecho superó a todas las anteriores. Esta vez para informarme que podría haberla dañado con solo girar el volante. Aquello que me había parecido imposible, así de fácil, y, quién lo diría, hasta en defensa propia. Se lo reproché enseguida:

–¡Laura, podría haberte matado!

–Por los gritos que dabas cualquiera pensaría que fue al revés –replicó ella, con una sonrisa maliciosa–. ¿Sabes cómo se llama ese truco? «El conductor fantasma.»

Me la quedé mirando aturdida, admirada. Entonces ocurrió la verdadera revelación, vino a mi mente como si me la dictaran: soy sumisa.

Conseguí salir del auto. Estiré las piernas y escuché el viento nocturno despedirse. Amanecía más rápido de lo que recordaba, pero aun así me puso nostálgica. Como si comprendiera que todo iba a cambiar pronto en mi vida. Precisión y delicadeza, aconsejó Rehan, porque una bala es algo pequeño que vuela. Es potente como la nostalgia. Y ahora sabía a quién dispararla. No fue necesario escribirlo con una tiza, oí su nombre en el aire.

# LO QUE PASA MIENTRAS MUERES

Si en el pasado me había puesto muy nerviosa al terminar relaciones con hombres que ni siquiera me gustaban tanto, para matar a Manuel cabía la posibilidad de que el primer corazón en explotar fuera el mío. De ahí que me inclinara por una ofensiva kamikaze.

Manuel conduce y ha estado especialmente silencioso durante el viaje. Pero siendo el gran día, Tormenta aconsejó sospechar de cualquier cosa que saliera de su boca. Como soy sumisa en el amor, el arte y el capitalismo, acato las órdenes de la millonaria.

Primero dijo que le gustaba el carro de Laura –él no dice auto ni coche– porque le recordaba la chatarra de jeep que conducía en Lima. Amaba a ese Suzuki, dijo, y al poco rato se prometió no llenar jamás un tanque en Repsol como gesto político al desastre ecológico que ocasionaron con sus doce mil barriles de petróleo en mar peruano. Su odio se hizo todavía más insistente contra los conductores que hacen rugir el motor a testosterona tipo la película *Rápido y furioso*, y se excusó por frenar en cada curva. Para mí, «suave y tímido» no es más que otro modelo de vanidad masculina, para nada superior, aunque irresistible a mi olfato en particular. En cuanto al cabeceo de las frenadas, me vino bien para justificar las náuseas y mi propio ensimismamiento. Aunque le inventé una escapada romántica, suplicando como antaño «Solo nosotros dos», me había mostrado distante y tiesa desde que partimos. Escondida en la ventana, esperé a que el paisaje de la Costa Brava, con sus acantilados, pinos y cipreses, impulsara mi romanticismo. Es lindo, parece un cementerio. Y también me impresionó la rapidez con que me había apropiado sentimentalmente del Mediterráneo. Aún no cumplía dos años de conocerlo y ya podía cantar el clásico de Serrat a todo pulmón sin tapujos. Si algún día vuelvo a Chile y me baño en el Pacífico, no podré reprocharle que me ahogue por traicionera. Chapoteando por sobrevivir entre sus olas heladas, le explicaría: «¿Qué le voy a hacer? Si yoooo... nací en el Mediterráneo».

Kizzu se llamaba el restaurante de sushi. Decoración minimalista, ostentosa, perfecta: una fantasía yakuza a luces bajas y paneles negros, azules y rojos en esmaltes de violento resplandor. Orquídeas por todos lados. Aromas dulces. Sabores fríos. Si necesitaba que mi mente confundiera el límite entre realidad e ilusión, este era el parque temático ideal.

—¡Oye, mira! —dijo Manuel señalando hacia el acuario, y con una entonación que sintetizaba su personalidad: asombro más cegado por la inocencia que seducido por oscura curiosidad. Y es que es una de las razones de que lo quiera tanto.

Fuimos a observar los peces con las frentes pegadas al vidrio.

—¿Serán los que luego cocinan? —preguntó.

No parecía muy probable, dada la variedad de colores, belleza de los ejemplares y tamaño diminuto. Pero tampoco quería alejar de sus pensamientos la idea de crueldad absurda, así que dije que tal vez.

—¿Quieres elegir el más lindo para saborear sus entrañas como si fuera un sacrificio? —añadí con una sonrisa maliciosa.

Manuel negó con sacudidas rápidas de cabeza, caricaturescamente espantado.

–Hay un plato en que sirven al pulpo vivo y entero, ¿sabías? –insistí en el morbo.

–¡Vivos! Pero ¿y no te llega un patadón? Digo, si el pulpo está todo nervioso y con ocho brazos...

No pude evitar que la imagen me diera risa. Lo escabroso, de momento, llegaba a su fin, pero fue bueno escuchar su reflexión. Ocho brazos Manuel no tenía, pero me sacaba una cabeza y se iba a defender.

Estudiamos el menú como si el camarero fuera a tomarnos examen. Pedimos acomplejados, igual que siempre. Cenamos. Bueno, yo comí dos piezas de sushi (los palillos delataban el temblor de mis manos y temía vomitar).

–¿Puedo comerme estas? –preguntó él, tras aguantar el tiempo que hemos estandarizado para nuestra relación abierta, y que no debe de ser muy distinto al de todas las otras.

Analicé el salón: pocos comensales para testigos. Manuel comenzó a hablar de la vez que Tortuga nos echó del piso y recogimos muebles en la calle. Lo dijo con nostalgia y sin pasión, tal como nadaban los peces en el acuario, de un lado al otro, hipnóticamente aprisionados en su calabozo marino. Los destellos coloridos de sus escamas me recordaron unas luces de Navidad.

–En esa época me preguntaste si estábamos enamorados o si éramos dos sudacas intentando sobrevivir juntos –continuó él–. Yo dije que tal vez eran las dos cosas, pero sé que no te gustó, y quiero explicarme. Estos últimos años han sido los más difíciles de mi vida, pero tú te has transformado en la persona más importante. Eres mi mejor amiga.

Y yo que me imaginé arrancándole el corazón con la mano. El único pecho que dolió fue el mío. Sentí la hoja del cuchillo entrando y cuando Manuel la giró hacia la derecha como una llave. Con toda su fuerza para luego ex-

169

traerla, simplemente. Empujé mi mente hacia imágenes de peces muertos flotando en el acuario, carne reventada y larvas. Algo sórdido, pero solo vi una noche de Navidad triste. Soy su mejor amiga. Pedí la cuenta, pagué los regalos. Y nos apareamos como perros en el estacionamiento. Quería una despedida brutal, sobre el auto. Intimar con la máquina vampiro, ser preñada por su energía cinética y asesina por antonomasia. Subí al capó y abrí las piernas. ¿Quieres culiarte a tu amiguita, a tu mejor amiga? Supliqué que me metiera un dedo. Él rió nervioso y metió tres. Uno por cada orificio y el tercero para endurecer mi clítoris. El orgasmo surgió casi enseguida. Ojalá sea lo que ocurre mientras mueres, pensé tras el éxtasis. Manuel susurró que siguiéramos dentro. Yo me sentía muy caliente, invulnerable, con mi fetiche exhibicionista. Aunque tampoco es que fuera como el estacionamiento de un supermercado. Estábamos solos, a oscuras, y rodeados por los troncos de un bosque premeditadamente plantado para servir de parada temporal bajo pago. Si levantaba la vista, veía las estrellas y estaba en el cielo, pero la piel del culo y las piernas se me pegaba tirante al metal del capó. En los asientos traseros nos peleamos por montarnos, somos dos animales luchando por beber y hay cierta rivalidad despiadada en nuestras presiones que se tocan. También cierta devoción, una especie de promesa: si algo va a matarte, prefiero ser yo. Después de ofrecerle mi garganta, nos volvemos tiernos; la delicadeza es un juego de asfixias. Todo acelera, colisiona y huye, pese a la inmovilidad del vehículo. Ningún crimen tendría sentido si no lo hiciéramos así de rico. Mejor que el sexo de reconciliación, el sexo prehomicida. Tan incomprensible como irrepetible. A través de la ventana vi otra cosa nueva en el mundo: la luna sonreía mostrando los dientes.

Nos internamos en una región oscura. Alrededor solo se ven pinos, colinas y curvas que nos esconden. El camino es un precipicio continuo, pero Manuel está convencido de que conduce hacia el hotel que reservé. Como con el restorán de sushi, me di el lujo de elegir un lugar carísimo. Impagable entre los dos. Aunque tal vez sumando a Laura y a Armonía si viviera. No tuve que rogar, lo convencí invitando yo. Quizás es otra de las cosas que ocurre cuando mueres: sientes que te sobra el dinero. El plan sucederá de camino, así que como no vamos a llegar, tampoco podrán cobrarme. Todo el diseño intelectual es obra de Tormenta. No por nada mi cómplice, además de millonaria, es expiloto de la Fórmula 1. Estudió la ruta primero por Google Maps y luego en visita a terreno. Como es obvio, a mí me toca la parte difícil, actuar, pero estoy lista para reconocer el miedo y seguir adelante. Tormenta incluso preparó mis últimas palabras y, antes de morir, repetiré: «Dile que esto no es culpa suya».

Ella, mi cómplice, considera que será una experiencia de asesinato muy por sobre los estándares. Tendrá el ímpetu de la velocidad y el silencio majestuoso del pinar reunidos en el mismo desenlace. La noche y la pista lo vuelven íntimo. El salto al vacío, sensual. Como última visión, iré junto a la persona que amo. A Manuel lo acompañará el verde de las plantas que tanta alegría le han dado. Si el pronóstico del tiempo acierta, puede que hasta contemplemos el espectáculo de una tormenta eléctrica.

Yo tengo mis reparos en cuanto a originalidad. El mariticidio en carretera ha sido estereotipado por cientos de películas y videos musicales. Pero ni modo. ¿Será que la crueldad acorta la imaginación?

Pese a los nervios, me noto con un ánimo muy positivo. Debe ser cosa del sexo: todo parece posible. De fondo, suenan los *Grandes Éxitos* de Nubeluz, en honor a Mónica Santa María y a todas quienes disparan por error, que como bien señaló mi madre es una más de las tantas cosas que hace la gente. Manuel no canta, se mantiene atento a las contorsiones del camino. Yo tanteo el revólver en mi bolso, que, dicho sea de paso, es una *tote bag*, una bolsa de tela. Cuando era chica jamás las llamé en inglés, sino «bolsa del pan», porque para eso servía, para transportar marraquetas o hallullas: algo que pese a su tamaño considerable es liviano y esponjoso. Con los años, la bolsa se convirtió en un accesorio indie-hípster en el que la gente metía libros pesados, llaves pequeñas, billeteras o maquillaje que eran muy difíciles de encontrar cuando se necesitaba. Existió una época en que no había nada más *cool* que tener una bolsa del pan. Ahora las *tote bags* están en todas partes, dado el apocalipsis del microplástico, y la gente las acumula detrás de las puertas y a veces hasta las usa; como bolsos, o lo que sea. El mundo cambia, quiero decir, y el tiempo pasa rápido. Pero cargar un arma de fuego en una bolsa de tela, (incluso una de cañón corto como la que elegí) siempre resultará insoportablemente incómodo.

Toco a Manuel por el hombro para llamar su atención. Así es como empieza el ataque.

–¿Sí, chinita?

Entonces le explico mi proyecto homicida.

–Tengo un revólver y vamos a desbarrancarnos. Cuando yo te lo indique, nos quitaremos los cinturones y tú vas a acelerar contra la barra de seguridad para que surjan cuatro posibilidades. En una mueres tú, en otra solo yo, en la tercera, y mejor, los dos juntos, y en la cuarta, o peor, ambos sobrevivimos, que en mi caso se verá agravada por la cárcel. No hay nada que puedas decir para hacerme cambiar de opinión.

Lo digo. No sé si sueno severa, al borde de las lágrimas o aterrada. Pero obligo a salir a las palabras. Me siento estúpida, mezquina y disonante. Lo peor de lo peor. Pero por primera vez en la vida no hay vergüenza. Probablemente porque no actúo en contra de la persona que deseo ser, sino todo lo contrario.

Él suelta un «¿qué?», sin estridencia ni asomo de nervios. ¿Estará también relajado por el sexo?

–Ahora vas a quitarte el cinturón de seguridad –ordeno, ateniéndome al guión.

–Ya, sí, mi amor –acepta él con tono coqueto y mordiéndome el hombro–. Mátame todito.

Escondo el asomo de risa aclarando la garganta, e insisto en que se quite el cinturón.

–Lo que tú digas, mamita –dice otra vez con perversidad tierna, y se lo quita sin más.

Me da la impresión de que cree que se lo voy a chupar o algo así.

–Manuel, quiero matarte.

Aunque practiqué tonos de amenaza grabándome con el celular, sale ceremonioso. Pero insufrible, tipo congreso de literatura.

–¿Qué pasa, chinita?, ¿por qué estás diciendo cosas tan raras?

Ansiaba aquella pregunta. Es comprensible, pertinente: quiere encontrar un sentido a su muerte. A fin de disipar la angustia, por medio de un relato de vida coherente, preparé una respuesta que explica que, la verdad, siempre odié nuestra relación abierta y que para mí el amor nunca será algo conversable ni regulable. El amor no es una melodía que puedes componer, remezclar o simplemente oír, sino una fuerza de tiempo transgresiva que arrasa con todo.

–¿Por eso vas a matarme? ¿Te volviste loca?

–Yo creo que es bastante evidente que sí.

Su incredulidad me confunde y me miro en el espejo del copiloto. Se nota que no he dormido en días, pero ojos saltones y demoniacos aún no tengo.

«Cree en tus palabras como si fueran un hechizo», me dice al oído Tormenta, sabiamente.

–¿Y dónde está la pistola esa?

–Es un revólver.

–A verlo, pues. Sácalo y apúntame –dice llevándose el índice a la sien–. Aquí.

–¿Con qué machote vulgar crees que estás hablando?, ¿también tengo que perseguirte a lo Terminator?

–En tu caso sería la Chiniteitor...

Aunque me molesto, no me preocupa que surja la risa. Es cierto que la mayoría de las películas presentan el asesinato en atmósferas escalofriantes o solemnes. Pero un cuerpo al que se le quita la vida de forma repentina pasa a ser nada más que carne endeble y puede derrumbarse con torpeza cómica por el suelo. Aceptar la risa en la muerte es aceptar la realidad.

–Antes de sacar el revólver, tengo que amenazarte –respondo con actitud didáctica.

–¿Me estás amenazando? –exclama indignado. Al parecer, considera que la alusión explícita a la amenaza es más terrible que todo lo que he dicho antes. Pero bueno, me sirve que se ponga serio.

–¡Claro! –confirmo–. El asesinato no es una propuesta.

–Entonces amenázame de verdad, pues. ¿No deberías insultarme un poquito?

–Mira, Manuel, si ya voy a asesinarte, por favor, déjame hacerlo como yo quiera.

–Ok... –dice, y justo después estalla un relámpago en el cielo: yo salto del susto, él ni se inmuta–. Bueno..., avísame a qué hora vas a matarme, ¿ya? Para estar preparado.

–Solo estoy esperando el momento propicio. O, al menos, un diálogo emocionante, purificador y digno que luzca bien con el revólver –replico, y prendo un cigarro. Matar, fuma–. Fíjate, quedan siete kilómetros para llegar a nuestro hotel de lujo. ¿No te pareció raro?

–Te dije que para mí cualquier lugar estaba bien.

–Escúchame. No te estoy sacando en cara la invitación. Estoy presentando una prueba. ¿Cómo se te ocurre que voy a tener dinero para un hotel tan caro? Evidentemente, no vamos a llegar. Sabes que estoy en bancarrota hace meses.

Mis palabras resuenan con tanta verdad que siento un escalofrío. Él quita la vista de la ruta y por primera vez veo la duda en sus ojos.

O quizás es la luz del nuevo rayo que ilumina su mirada, el interior del auto y toda la vegetación conífera alrededor. Porque en vez del diálogo catártico que debía seguir, nos enredamos en una pelea abstracta, tediosa. De pareja.

–¿Bancarrota? ¡Pero si no haces nada!

–Porque he estado dedicada al proyecto. No puedo desestabilizar mi vida a tiempo parcial.

Él vuelve a buscar en mi mirada, como rastreando grados alcohólicos que justifiquen mis palabras.

–¿Cómo va a ser que ni siquiera en un hecho tan explícitamente agresivo como este lleguemos a un acuerdo? Según tú no estoy haciendo lo que sé que estoy haciendo, sino otra cosa que tú entiendes mejor. Estoy confesando que no doy más, Manuel. Pensé que iba a importarte.

–A ver, Javiera, sé directa, ¿estás terminando conmigo? ¿Es eso? Lo que quieres es terminar, ¿no?

Mientras mi cerebro implosiona con su última deducción, Manuel gasta la preciada cuenta regresiva de mi plan repitiendo que si quiero que nos separemos podemos hablarlo; «todo se soluciona conversando», y un montón de frases redundantes que me irritan, aburren, etcétera.

–¿De qué me serviría matarte para que no me abandones, si en el fondo quiero terminar contigo? Además, con un hombre como tú bastaría fingir que tengo ganas de tener un hijo y esas cosas del reloj biológico para que salieras corriendo... ¿De verdad piensas que fingiría una amenaza de homicidio, para luego no hacerlo, porque sé que es la única forma de que nos peleemos de forma definitiva? ¡Eso es absurdo!

El nuevo cigarro que prendo se queda pegado en mis labios secos de tanto hablar y se lleva una lonja. El corte es ínfimo, arde un montón. Manuel tose con exageración. En vez de pedir que lo apague, o bajar la ventana, me mira de reojo. La intención furtiva de su gesto es tan explícita que me pone los pelos de punta.

–¿Estás así por lo del viaje a Lima con Gracia?

Intuyo que con la pregunta quiere ahorrarme el bochorno de exponer que reviso su correo –como es obvio que sabe–. Lo que no previó es que incluso al transgredir su privacidad me salté un dato así de relevante. La información de que se va con Gracia me parte el cerebro en dos. Pero mi cabeza es una galleta de la suerte barata y mal traducida, así que la impresión da forma a un sonido hueco. Roto en su expresión oral:

–Oh...

Manuel se atropella en excusas. Fue casualidad. No planificaron ir juntos. Ya había comprado los pasajes cuando supo que ella también. «Es una amiga.»

–¡Yo soy tu mejor amiga! –grito furiosa, al fin.

Parece que es cierto: la violencia por naturaleza es inmanejable. O quizás es lo que pasa cuando recuerdas que viniste a morir. Como sea, no me demoro en una introspección charlatana. Estoy fuera de mí. Busco el revólver en la *tote bag*. Lo tomo firme justo cuando Manuel presiona mi rodilla. Creo que quiere aproximar su mano a mi entrepierna, donde apoyo el arma. Es extraño, pero la situación me resulta erótica. Imaginar que adentra sus dedos en el bolso me eriza la piel como si fuera a meterme mano bajo la falda. Como si yo tuviera una verga. Una muy masculina, rápida, furiosa. Y dura. Tanto que va a explotar. Entonces me doy cuenta de que sigue tosiendo, y de que el auto está detenido. Deja de apretar mi rodilla para llevarse la mano al pecho. Se da golpecitos desesperados, fuerza la garganta y carraspea.

–Manuel...

De la respiración aguda y sibilante pasa al ahogo. ¡Insólito! Una se esfuerza por matar al hombre que ama de la mejor forma. Le pone disciplina, paciencia, ¿y qué te lo quita de las manos? Un vulgar ataque de asma. Verlo hacer el tic de buscar su medicamento me parte el corazón.

–¿El ventolín está en tu mochila?

Qué podía hacer, ¿dejar que el pobre se ahogara por un ataque de asma? Si algo iba a matarlo sería mi amor, no una enfermedad crónica de su infancia.

Mientras corro al maletero –para hacer las cosas como corresponde–, Tormenta exclama:

«Increíble que lo dejaras indefenso a pura conversación y cigarrillos. ¡Eres realmente insoportable! Ni el revólver fue necesario».

Apoyo la espalda en el maletero y desciendo hasta el piso de asfalto. Una liebre me observa. Ni mimética ni veloz, sino roja e intermitente a la luz del auto. Está tirada en la pista, y por el resto de su lenguaje corporal, condenadamente muerta.

–Esto definitivamente es un mal augurio.

«Pero si es mejor de lo que imaginamos», argumenta mi cómplice. «Déjalo que se ahogue, y yo le saco chispas a la carretera.»

Espero un momento, por si la violencia revitalizadora que debe decirme quién soy de verdad aparece. Con ver estallar un relámpago bastaría, apenas el flash de una revelación, pero es justo ahora cuando se detienen. Ninguna descarga eléctrica me recorre el cuerpo. Entrelazo mis dedos y calibro, no el revólver, sino una paradoja: si no conduzco y salto por el barranco, voy a darle la razón con que soy incapaz de asesinarlo. Y sumado a eso, va a terminar conmigo porque estoy loca. Algo que nunca estuvo entre mis objetivos y que dolería más que quitarle la vida.

Aprieto el inhalador y se lo entregó a Manuel. Él respira. Se abraza a mí. Se aleja. Tose. Me mira curioso, cual lozano. «China, ¿dónde vas?», pregunta.

–A terminar el cigarro –contesto como si nada.

El cielo resplandece apenas cierro la puerta. Calculo que el rayo cae cerca, dada la réplica de su trueno. Un solo de redoble de tambores y platillos, drama nivel orquesta, y enseguida se larga a llover.

«Hasta el pronóstico del tiempo cumplió sus amenazas», alega Tormenta alias Armonía. Por toda respuesta, recojo la liebre muerta. Camino hasta dar con lo más parecido a un terreno que no sea un precipicio. Salto la barrera de seguridad y me interno entre los árboles. Apesta a secretos, igual que todos los bosques, y bajo sus ramas la oscuridad parece una fotocopia. Tras dejar el cuerpo entre las piedras, le dedico un tributo fúnebre, breve. «Querido conejito: gracias por librarnos de nuestras palabras con tu silencio animal. Pero dile a Jaime que ya me cansé de tantas coincidencias. ¡Estoy harta!» Entonces recuerdo que no tengo dinero para pagar el hotel. Y más importante: necesito deshacerme del arma.

Abro la *tote bag* y espero emocionada por lo que pueda suceder. Un revólver tiene algo de reloj a cuerda, pero en la bolsa no escondo ningún mecanismo a resortes y engranajes. No traje el revólver, solo hay una trampa mental, la única arma que poseo. Así que introduzco mi mano y la tomo por el mango. Compruebo que la recámara del tambor está cargada. Es mi última oportunidad y apunto al cielo. Al disparar el gatillo, sucede como en retrospectiva: primero escucho el vuelo de los pájaros, luego el estruendo de la pólvora y, por último, el simpático clic del percutor. La presión ultrasónica de otro trueno se traga el disparo como un secreto y un instante después parece que la bala regresa al revólver. El culatazo me impulsa hacia atrás. Todo vuelve a estar en calma. La quietud y la lluvia es sepulcral, pero esta vez no pienso que quizás sea lo que ocurre mientras mueres. Salgo corriendo. Corro asustadísima, como si huyera del eco del disparo, de mi mente. Al pisar la carretera, las luces ya están aquí. No sé si vienen directo hacia mí o voy a ellas a toda velocidad, y tampoco me da tiempo para pensar: bueno, así que al final no tendré que pagar nada porque me va a atropellar un auto. Solo tengo segundos para recordar mis últimas palabras. No quiero saltar como una libre hacia la luna ni arreglarme el pelo. Hago lo único que vale la pena: rogar a la noche que se las transmita.

—Dile que esto no fue culpa suya. Te amo, mamá.

# CLASES DE NATACIÓN

Para explicar mi diagnóstico, la traumatóloga no dejó de repetir los adjetivos «normal» y «mejor». ¿Qué significa normal?, quise preguntarle. Me sonó a palabra desconocida. No como jerga nueva sino de una lengua que, a diferencia de mí, sí estaba bien muerta. En cuanto a *mejor*, si al menos hubiera pasado unos días en coma o visto la luz brillante al final del túnel, acaso las de un rayo partiéndome en dos. Cualquier luz, pero que me arrojara de vuelta al mundo con la conciencia removida y un saber interior adquirido. Nada, ni el íncubo de la parálisis del sueño me visitó. Seguía igual que antes: incluso cuando el accidente fue no morir, no me gustaba lo que había obtenido. El único atributo de sentido que comprendía era *peor*. Que permitiera un grado amplio –quizás infinito– de corrupción solo ponía límite a las vaguedades, lo verdaderamente peligroso.

*Normal* y *Mejor*. Cuando me sacaron al pasillo las palabras seguían ahí, dándome la espalda para apreciar el esplendoroso mar del otro lado de la ventana. Se giraron muy rápido, o se me ocurrió hacerme la dormida en la silla de ruedas muy tarde; Manuel y Laura ya me habían visto. Él se acercó llorando. «Ay, gracias –dijo haciéndose lu-

181

gar entre mis brazos–. Gracias. Gracias. Gracias.» Todo centelleó alrededor y entonces creí que de verdad iba a desmayarme. «Mi chinita...», murmuró él, con su mejilla pegada a la mía. Eso fue lo peor.

Laura dijo: «¡Venga, dejadme que os grabe una videoreacción para YouTube!», y «El tío este que te ha atropellado también pasó la noche aquí... Muy majo».

–¿En qué ciudad estamos? –pregunté.

Aunque en el camisón que llevaba puesto se leía claramente «Parc de Salut Mar», aún no me fiaba de la realidad.

–En Barcelona –dijo Manuel, con consistencia.

Me convencí de que estaba viva al escuchar el tono de reto de mi mamá:

–Pero Javiera..., ¡otra vez! –dijo sobre el esguince de tobillo que, omitiendo el accidente y sus causas, le conté mientras esperaba por el TAC cerebral–. ¿Manuel está con usted? ¿O está solita?

–¡Sí! –solté enseguida. Sin especificar a cuál de las dos opciones de su pregunta, pero con una energía que alejara cualquier preocupación de su parte.

–Bueno... Yo le cuento que me volví loca y estoy pintando todo. Partí por el techo del living, pero después, al verlo tan limpio, encontré las paredes asquerosas, y así he seguido, avanzando un poco en cada ratito libre que encuentro. Lo malo es que la parte recién pintada nunca se ve pareja-pareja con la pared que le sigue, ni con la que viene antes, y a veces creo que voy a estar pintando así para siempre.

–O quizás es que jamás se ha detenido –dije con tono galante–. Usted es una mujer excepcional.

Ella rió coqueta. Al fondo se oía el ajetreo de voces preguntando por precios y que me transportó a las tardes de mi infancia en que la llamaba a su trabajo.

–Oiga... ¿Y todavía quiere saber lo de su papá?

–No, mami. No se preocupe... –Me dieron ganas de agregar «Lo hice por mí, no por él», pero dije–: ¿Le conté que se me ocurrió una idea para una novela? En realidad no me atropelló un auto, sino una bicicleta. De esos ciclistas de ruta, gente loca y con pisteras de quince mil euros que cuelgan como obra de arte en el comedor, según comentó Laura. Costaba similar a un auto y tenía un seguro, pero descontando los esguinces en ambos tobillos, apenas gané una fractura en la nariz. Nada realmente grave. Esa fue la opinión general, ya viniera de profesionales de la medicina o simples entusiastas por la vida. No agradecí al cielo. Pregunté –discretamente– cuánto iba a costarme la urgencia, considerando que no tenía papeles. También hubo acuerdo en esto: cero. Desde una versión muy distorsionada de la felicidad, resultó insoportable que ni siquiera tuviera que cargar con una deuda en euros.

Me dieron el alta tras un par de horas. Al salir del hospital, lo primero que hice fue quitarme el parche de la nariz.

–¿Qué tan horrible es? –pregunté al ver las expresiones de pesar de Manuel y Laura, que en mi cabeza ya habían pasado a llamarse Mejor y Normal. Por supuesto, yo era Peor.

–Todavía le falta sanar –previno Mejor.

–Pues, depende... –opinó Normal–. ¿Prefieres una cicatriz que dé pena o una que dé miedo?

El espejo me devolvió un semblante de descomposición interior absoluta. En cuanto a mi cara en sí, parecía querer empujarme lejos de la vida cuadriforme del reflejo, con violencia. Era una imagen cruel, quiero decir. Entre los moretones, una herida atravesaba mi tabique y seguía hasta el lóbulo de la oreja. La cicatriz, con total seguridad, sería enorme y fea. O bien comenzaba una carrera en la piratería, o me ponía a incursionar en el modelaje alternativo, pero la marca me acompañaría. No hice ninguna broma, me largué a llorar.

Mejor y Normal intentaron consolarme. ¿Cómo iban a conseguirlo si sufrir era lo correcto? Estar triste me parecía una recompensa. Nada dolía como se suponía que debía doler.

De vuelta en el piso, lo segundo fue tomar el revólver de Rehan y arrastrar mi par de esguinces hasta al gimnasio para dejarlo en el casillero 243. Ni siquiera me cuestioné lo que estaba haciendo: si entendía mi acto criminal como un coqueteo improductivo, una extravagancia metafórica porque me gustan los secretos. Tampoco me recriminé que, en efecto, sí había cometido una acción gravísima, solo que demasiado encriptada para una brújula moral corriente. Simplemente caminé lo más rápido que pude, despojada de cualquier otro pensamiento que no fuera el pánico de que me atraparan con un arma. Todo eso de que los secretos son lo único que me hace sentir dueña de algo vendría después. En el interior del casillero me esperaba un crisantemo amarillo. Me pareció tan peligroso como el arma que devolvía a tiempo, lo traje conmigo.

—Ahora sí que pareces chinita —me dijo Manuel por la noche, acariciando los moretones de mi peor cara.
—Perdón —respondí, sin explicar por qué me disculpaba.
Él tampoco lo exigió, bajó su mano a mi pecho. Pensé que las razones, tal como al decir te amo, se sobreentendían. Pero sí que me sorprendió que buscara una reconciliación sexual tan rápido, y aunque dudé que pudiera mojarme, no fue así. El sexo en nuestro caso nunca tuvo que ver exclusivamente con el sexo, por explicarlo de alguna forma. Mientras estuvo encima de mí, sin distancia corporal y sin cautela, hubo silencios desalentadores y otros

afectuosos. Tras cambiar de postura, y desde arriba, lo vi cerrar el ceño a la defensiva. «Eres tóxica», susurró. Pero cuando nos miramos frente a frente el recelo en sus ojos se rindió a la atracción. Entendí bien la ambivalencia de sus sentimientos. Mi corazón eran dos chicos intentando matarse a cuchilladas, y yo sufría porque estaba enamorada de ambos. Una parte de mí rogó por un castigo, humillación o indiferencia. En una versión más prosaica, o menos mística, me vi como un gánster y me comporté como un hombre que ha cometido traición. Salpicando estoicismo, fui dura como una piedra que él quisiera patear. Tocarnos resultó increíblemente fácil.

–Y si dijera que quise matarte –le pregunté con curiosidad sincera–, ¿qué harías?

–Mmm... sería difícil –soltó él cariñoso, divertido casi–, pero supongo que tendría que denunciarte a la policía.

Lo más extraño de la conversación fue que lo resentí como una deslealtad. No por temor a la cárcel. Me dolió sentimentalmente, como si esperara que él respondiera: «¿Matarme? Claro, ¿cómo quieres que me ponga? ¿Me quemo a lo bonzo o prefieres intentarlo tú misma?». Un melodrama de bolero al estilo «por ti callo, aunque me metan preso» también me hubiera encantado, pero nos quedamos oyendo nuestros jadeos, que parecían fingidos. Jadeos exhaustos, ¿cómo se puede fingir algo así?, me pregunté y por respuesta oí la certeza triste de que siempre hemos usado los errores comunicativos como impulso erótico. Me tomó ese vacío que a veces provoca el sexo, y me culpé por sentir más lástima de mi pena que remordimiento por lo que le había hecho a él.

–Si así fue la parte en que estás enamorada, cómo será la parte cuando ya no te guste... –sonrió Manuel–. Ya no intentes asesinar a nadie, ¿ya?

Por el final lo único que nos importa es que ya sabemos cómo se viene él y cómo me voy yo. Mis rodillas tenían raspones suficientes tras el choque, así solo me quedó suplicar ovillada en el suelo. Otra vez fui una piedra, pero muda y lisa, de contornos suaves. Un guijarro con el que quisiera jugar en el río o llevarse a casa de recuerdo. Manuel se abrazó a mí como si hacer cucharita fuera un acto de fe. Supe que jamás me atrevería a dejarlo, antes prefería odiarme a mí misma.

Eso fue todo. Al día siguiente dijo que aun sin entender qué había pasado realmente, no podría perdonarlo. «No confío en tus palabras», agregó y tras la declaración reglamentaria para terminar conmigo, pasó a cuestiones operativas, y que, por la rapidez con que cambió de subtema, busca darme a entender lo que realmente le importa: ¿quién se va a quedar con el piso? Para él la decisión más justa es quedárselo o anular el contrato de alquiler a su regreso de Perú. Ni un abrazo, ni un te odio. En su cara solo vi impaciencia por irse. Si hubo algo desgarrador, fue darme cuenta de que no terminamos como las parejas que se quieren de verdad, por una pelea tonta.

Mejor, Normal y Peor se disolvieron en el método de siempre: «no me abandones», pero también entendí que rogar no servirá de nada. Cuando Manuel se marchó a Lima, su determinación me dio rabia y también lo admiré por dejarme, una mezcla de reacciones en la que solía caer con los hombres que amaba. La necesidad de idolatrarlos por remordimiento. Y lo que más me hizo sentir una traidora impenitente (como es natural, todo el mundo sabría que había querido matarlo) fue su decisión de viajar al Sur. Pese a mi deseo flagelante por una lección, casi religiosa casi erótica, y el desasosiego total, nunca se me ocurrió volver con los míos. Yo no regreso. No sabría cómo. Antes dejo en ridículo a mi corazón. Siembro el camino de engaños y trampas hasta que ya no quede ningún rastro confiable para seguir.

«Pedro y el lobo» es el cuento favorito de mi mamá. Lo sé porque me lo leyó una cantidad de veces alarmante. Insistencia la de Scarlett acorde, por lo repetitivo que fue Pedrito con la mentira que lo hizo tan famoso. Y con sus gritos de socorro, que vendrían a ser una especie de alarma, tal como su caída en desgracia, un mensaje de alerta para los niños. Pero a mi madre poco le importaba el simulacro del pequeño pastor. Su preocupación real eran los lobos, que, como me repetía, siempre acechan cuando una menos se lo espera. Cuando estás desacreditada. Después de que te dejan y quedas sin piso, y no tienes dinero, ni visa de residencia, tobillos útiles o decencia. Cuando estás despechada, los lobos vienen y te hacen compañía. Tal como querías. Porque los lobos son una alfombra afelpada en la que te recuestas. Quizás terminen devorándote, pero también te arrullarán con el calor de su pelaje. Agazapada entre ellos he pasado los últimos días, bebiendo hasta ponerme ciega y perder la noción de cualquier medida. Hacerse cargo de las consecuencias significa quedarte a solas con tus propios actos. Y tampoco de eso he sido capaz. Laura no deja de hacerme compañía y servir vino como la mejor de las peores amigas. En lugar de compartir divagaciones sobre mi esencia mezquina y desleal, repetí:

–Soy una idiota.

Si no eres malvada gracias a la fuerza que dirige tu identidad, entonces, a descarte, es que sobras mala en el mundo por estupidez.

¿Creía que estaba aprendiendo a amar pero resultó que solo quería aprender a morir? No tenía ni idea. Incluso podía ser que solo estuviera mintiéndome otra vez, solapando la vergüenza de verme atrapada en una situación impropia con otra nueva.

—Las personas no somos palabras —insistió Laura optimista, y tomó directamente de la botella.

—Es que necesito ser Peor. Las palabras no quieren buscar piso, ni moverse ni hacer nada. Las palabras se niegan a escapar. Yo ya era escapista de antes. Necesito que un día sea igual que el otro.

—O igual podías buscar curro en un centro de depilación. Usar tu sadismo en algo útil.

—¿Estás tratando de seducirme?

—¿Qué otra cosa haría contigo? Los monstruos me encantan, aunque, bueno, sí que los prefiero más altos...

—Siempre es lo mismo; hago lo que quiero y después me siento culpable... Soy una mentirosa.

—Pues sí... pero a mí no me importa. Tu problema es con las personas a las que les importa, a mí solo me debes los ochenta euros de la farlopa, ¿vale? —soltó Laura, más fastidiada que amable o comprensiva. Se quedó mirando hacia la nada, y tenía que ser una nada bien triste por la cara que puso. Enseguida, volviendo en sí y con otra cuota de resignación pretenciosa, agregó—: Estoy jodidísima.

—No suena muy reconfortante —dije y pasé a tumbarme boca arriba en sus piernas.

Ella tomó el aceite de rosa mosqueta y lo aplicó sobre mi cicatriz con masajes.

—Es tan ordinario querer ser especial —continué—. Y lo peor es que me divertía. Extraño mi proyecto. Parecía que el mundo me acompañaba, que yo era su protagonista, no una simple espectadora del colapso civilizatorio. Farsante sí, pero no del montón. La luna sonrió mostrándome los dientes, y yo era toda la oscuridad que la rodeaba.

Laura asintió con sus pestañas.

—Ya, a mí también me da miedo ser normal...

Sacudí la cabeza por el mareo, me acerqué a ella y la miré a los ojos, lo más fijo que fui capaz:

–Para escupir al cielo hace falta vocación.

El suelo dio vueltas, así fue como empezamos a jugar. El juego en que Laura es una descreída inconsolable y yo consumo su energía, como haría cualquier buena amiga o el anticristo. El juego en que me aprovecho de su ingenuidad para convencerla de que se mate. Formamos una buena pandilla: charla etílica, esperanzas suicidas y Jaime brincando en medio, peludo como una tarántula. ¿Acaso no era todo lo que quería desde el principio? Fantaseamos con los detalles durante la hora del lobo. Aullando con las bocas de color violeta. Deshidratadas, apestando a cigarros y tiempo suspendido. Laura se pone necia con que ocurra en la playa. Le explico que de buena fuente sé que suicidarse en el océano es bastante molesto: te peleas con las olas, tragas agua salada, tu cuerpo sube a la superficie sin que puedas controlarlo y terminas regresando a la orilla exhausta.

–¿Y si mejor te inducimos botulismo? –propongo–. Según Pancho Villa, la receta es refácil: comida enlatada y carne de cerdo.

Accedo a las olas porque haría lo mismo; ya que nunca pude tener una casa en la playa, morir en el mar. Eso, y que tome una buena dosis de somníferos como garantía antes de meterse al agua. Y que me dedique una nota de suicidio. No recuerdo que Laura lo pidiera, pero me tomo a pecho lo de ayudarla con inspiración para su mensaje. Tengo una nueva obsesión: reunir todos los poemas que traten sobre la muerte. Son bastantes, son casi todos, y se los leo a Laura uno por uno. Ella pide, por favor, que baje mis expectativas.

–Lo que quiero es morir, no hacerme poeta.

Sonrío como un lobo.

Entre una broma y otra se va asentando lo real. Laura elige el lugar, yo la fecha.

–De que es una idea perversa, es bien perversa –digo la noche previa–. ¿Y si mejor nos inscribimos en pilates?

Estamos de cara a la orilla. Devorando los chocolates que compré con el dinero de don Antonio. Primera línea de playa, tal como le gusta a Laura, y aunque quedara a veinte minutos caminando por un acantilado en mi inapropiado vestido rojo. Es 17 de octubre de 2022, cuando bajé al metro me pareció que hacía un día espléndido, pero ahora las nubes cubren el cielo casi por completo y se mueven deprisa. El viento sopla como si quisiera tocar una flauta y tuviera labios, pero aun así ya sé que el viento con labios no logrará sacar ninguna melodía linda, o música. Esa flauta solo va a sonar a disparos de arena.

–Pobre... –suelta Laura tras escuchar la historia de cómo conocí a Antonio llorando en el vagón del metro–. Con el dinero que le robaste también debiste pillar un boleto de lotería.

Sonríe tensa, y se ve tan ensombrecida que pienso que quizás haya varias capas de nubes sobreponiéndose justo sobre su figura, como esos halos de luz pero al revés: un brillo celestial de sombra. Aunque sé que es improbable, ridículo, miro cielo arriba inquieta.

–¿Cuándo vas a pararlo? –le digo muy nerviosa–. En qué momento vas a decir: «Basta, la broma ya no es graciosa».

–Cuando me lo pidas –responde Laura.

–Oh, lo siento, no hago esas cosas. O me arrastro por el suelo para suplicar o soy una hija de puta.

Entonces exijo «la garantía». Saca un puñado de pastillas, se las traga. Busca su carta y me la entrega. La calidad del sobre ya transparenta que no se esforzó demasiado por escribir. «Ella es más vieja de lo que nunca ha sido», leo tatuado en su piel. Es lo último que sé de Laura. Acordamos una despedida sin ceremonias ni énfasis, así que se levanta, dice adiós con la mano y me deja atrás. Verla partir es insoportable, las olas expanden destellos de sol. Sí, se está separando de mí. Duele. Sí, se está separando del mundo o de ella misma, también duele. Por otro lado, ver entrar a una mujer al agua no tiene nada extraño. Es una imagen sin implicancias morales ni misterios sobre la quietud del abismo de la muerte, ni de ningún otro tipo. Laura se sumerge bajo una pequeña ola. Normal. Incluso hay más gente viendo. No somos las únicas en la playa, bajo el acantilado. La arena sin tatuajes se va desprendiendo del calor, y tampoco puede ser mentira cuando ella comienza a nadar. Una satisfacción vertiginosa se apodera de mi pecho con su pataleo: soy una arpía inmoral y esta vez ni siquiera tuve que esforzarme. La carta sigue atrapada en mis dedos y me mira con dudas. Laura toma una distancia considerable, real. Abro el sobre a la mala. Su caligrafía es terriblemente descuidada, pero me sobrepongo rápido para leer:

Querida Javi:
Si aún quieres ser asesina, no tienes que hacer nada más que quedarte a verlo. En caso contrario, al cabo de una hora me detendré a mirar para ver si tienes la sombrilla levantada. Tal vez mi cursilería ayude a decidir: esta vez el arma es tu corazón. Mucha suerte y confía en ti.

LAURA

Ni siquiera lo pienso. Me siento completamente libre y dejo la arena para ir tras ella. «¿Quién juega a acompañar a alguien a suicidarse?», me pregunto con espuma y basura flotando a la altura de mis rodillas. Dejo de hacer pie, trago agua y se me cansan los brazos casi enseguida. Recuerdo mis breves clases de natación, las partidas falsas. A mi ineptitud histórica como nadadora, se suma la pérdida de masa muscular, deshidratación alcohólica y pulmones reducidos a un cenicero de nicotina. La cabeza de Laura se

191

va haciendo indistinguible, y no sé si la que desaparece es ella, yo o el horizonte. Luego, en otra presumible alusión al paso del tiempo, comienzo a tener problemas para respirar. Incluso si mi corazón fuera un arma de fuego, no va a servirme en estas aguas en movimiento. Recordar la sombrilla me produce un estremecimiento. Ciertamente no tiene el espíritu poético de una palmera salvaje, pero sí que protege de la soledad del sol. La electricidad del escalofrío se convierte en un calambre, y por fin lo entiendo: lo único que debía hacer era quedarme quieta y esperar. Laura va a creer que quiero matarla: que mi inteligencia es siniestra o que soy una estúpida incapaz de entender la carta más simple. Al nadar de regreso, la corriente me chupa con fuerza. Lo intento, me frustro. ¿Notará el mar que voy perdiendo? Para entonces no me queda más que pelear con desesperación contra las olas. Presa del pánico, descubro que eso de que la adrenalina otorga una fuerza extraordinaria en situaciones de vida y muerte es otra vil mentira más. Y más agua salada entrando por mi boca. Grito, una cabeza decapitada flotando grita por ayuda. Siento el impacto físico del ahogo hasta en mi piel, o sobre todo en la piel. En breve, y a diferencia de lo que le aseguré a Laura, mi cuerpo no flota a la superficie como un corcho, sino que se hunde, hunde, hunde. Voy cayendo tan bajo que deja de parecer que existió un arriba. Y al final, es imposible controlar la forma en que caigo pero nunca me doy cuenta de que es inútil, simplemente toco fondo con la punta de los pies. El fondo marino es blando, una llanura enorme y ligera sin ningún tipo de organismo vivo, biodiversidad u hoteles idénticos. Descontando el hecho de que me da pena estar muerta, si en esto consiste el Gran Enigma, su escenario imparcial me parece adecuado. Ningún pero, y sin embargo, daría lo que fuera por un cigarro. Lo siguiente son las náuseas. Por la garganta expulso un bolo que sabe a arena mojada, a confesiones difíciles. Es lo que humedece mi espalda. Piedras pequeñas y frías. Arriba deja de parecer abajo. La luz destapa mis oídos y veo puntitos fluorescentes que se van transformando en ojos que se expanden hasta ser las caras redondas de los desconocidos que me observan, también en círculo y sobrepuestos al azul del cielo. Laura los espanta. Parece impaciente por decirme algo, pero los jadeos de cansancio real apenas dejan que respire.

Toso, escupo. En lugar de pedir disculpas, le digo:

–Laura, la carta no se entendía bien, te lo juro. A mí me gustan los poemas, pero tampoco es que entienda tanto. Mi comprensión de lectura falla si hay que seguir instrucciones. Yo no digo sombrilla, digo quitasol.

Ella niega con la cabeza, sonríe, dice:

–Es una forma bien curiosa de pedirle a alguien que te salve la vida.

A continuación, se recuesta en mi pecho y finge quedarse dormida.

Durante un tiempo me esforcé por aprender de la infelicidad. Atraída por lo intenso, me equivocaba esperando obtener catarsis, un conocimiento profundo y verdadero de quién era. Confiaba en que los errores y su dolor tenían un poder, el de volverme inmune. Y prefería reírme del mundo para evitar ser su víctima. Tal como en Pedro y el lobo. Pero descubrí que el cuento no se llama de esa forma. Como en la mayoría de las fábulas, el pastor de Esopo no tiene nombre propio y, en realidad, ha sido confundido por décadas con el título de la composición sinfónica de Serguéi Prokófiev, escrita en 1936. Pedro era un joven pionero soviético, y esta fue una historia de amor, sin moralejas.

# AGRADECIMIENTOS

¡Ay!, esta es la parte más fácil y más difícil de escribir. Quiero dar las gracias a María Lynch por escucharme y preguntar: su curiosidad me enseñó a imaginar con una libertad que no conocía. Gracias a Alejandro Zambra por ayudarme a repensar siempre (yo ya no sé qué es más deslumbrante, si su creatividad o su generosidad) y por querer tanto a la literatura. Con todo mi corazón, quiero decir gracias a Yuan Silva, porque su lectura dedicada y la conversación que tuvimos y sus risas y reflexiones marcaron un antes y un después en la comprensión de las palabras que yo había ido juntando. Un libro es un esfuerzo colectivo enorme tan lindo y quiero agradecer la confianza fundamental, y la paciencia extra, de mis editoras Ana Rodado, María Paz Ortuño y Silvia Sesé. También a Belén Vacas, por la hermosa portada que diseñó.

A Álvaro G., gracias por acompañarme en las caminatas nocturnas con cariño, ideas y bailes inolvidables. Este libro no existiría, y yo probablemente habría perdido varios dientes en el proceso, sin las valiosas lecturas, comentarios y aliento de mis amigas. Por su sinceridad rotunda, gracias a: Ulia Moreno, Camila Oróstica, Pascale Descazeaux, Gonzalo Salazar, Beltran Salvador, Almendra Benavente,

Marialy Rivas, Romina Reyes, Rosa Escobar, Pascual Brodsky, Alicia Valdés, Oriol Viader, Luna Miguel. Y otra vez, gracias por su trabajo y amor. Finalmente, agradecer su apoyo total a Vicente Prieto. A mi mamá, por su humor cómplice y sus esfuerzos incansables, en especial enseñándome el juego de capear olas en el mar, esto es, a disfrutar la vida. A mi hermana Macarena por sus hermosas y protectoras metáforas.

# ÍNDICE